내가 나에게

이태수 시집

문학세계사

열다섯 번째 시집을 낸다.
한해 가까이 자신을 들여다본
기록에 무게중심이 주어져 있다.
바깥을 비판적인 시각으로 바라본
경우도 없지 않으나, 궁극적으로는
바깥을 통해서도 자신으로 귀결되는
말 건넴이자 응답들이라 할 수 있다.
구문의 형식은 음악에서 따오거나
대칭구조 등 회화(시각)적 효과를
예외 없이 끌어들이려고도 했다.
하지만 이 길은 가면 갈수록
아득히 멀기만 한 것 같다.

2019년 봄

이태수

ㅁ차례

I

II

Ⅲ

IV

I

옛 우물

나무 그림자 일렁이는 우물에
작은 새가 그림자를 떨어뜨리고 간다
희미한 낮달도 얼굴 비쳐보다 간다

이제 아무도 두레박질을 하지 않는 우물을
하늘이 언제나 내려다본다
내가 들여다보면
나무 그림자와 안 보이는
새 그림자와 지워진 낮달이 나를 쳐다본다

흐르는 구름에 내 얼굴이 포개진다
옛날 두레박으로 길어 마시던 물맛이
괸 물을 흔들어 깨우기도 한다

목마름
−또는 이데아

그 뭔가를 찾으려 헤맨다
돌아와 보면 역시 빈손이다
몇 겹 벽으로 둘러싸여서 그런지,
건너지 못할 강 저편에 있어서인지,
찾아내 보려고 안간힘을 쓸 따름,
그래도 다시 또 찾아 나서는
그 뭔가 때문에 목마르다

아직도 이름 붙이지 못한,
내게는 오로지 결핍일 뿐인,
그러면서 언제나 끌어안고 싶은
그 뭔가는 안으로만 들어앉게 한다
내 안에 깊이 갇혀서 앓게 한다
갇혀서 그 미지의 황무지에
이름을 붙이고 싶게 한다

물, 또는 내려가기

물을 마신다
아래로 내려가는 물,
나는 물과 더불어 흘러간다
물은 언제나 멈추기를 싫어한다
개울물이 아래로 흘러가고
강물은 몸을 비틀면서 내려간다
폭포는 수직으로 일어서듯
줄기차게 내리꽂힌다
물을 들이켠다
안으로 스며드는 물,
새들이 낮게 날아 내리고
공중 부양을 하던 뜬구름 몇 점이
제 무게 탓으로 떨어진다
가늘던 빗줄기가 점점 굵어지며
빗금으로 뛰어내린다
빗줄기를 바라보는
내가 내린다

별, 또는 올라가기

별들을 바라봅니다
날이 저물어 어두워지면
나는 어둠 속에서 꿈꿉니다
밤하늘의 먼 별들을 끌어당기며
거기까지 올라가 보려 꿈을 꿉니다
별들이 반짝이며 눈짓을 합니다
아무리 안간힘을 다해 봐도
마음만 혼자 올라갑니다
별들이 내려다봅니다
마치 동화 속 아이같이
별빛 따라 사닥다리를 놓고
어둠을 헤치면서 오르려 합니다
눈을 감고서야 거기에 다다릅니다
하지만 눈뜨면 떨어질 것 같아
밤 이슥토록 눈을 감은 채
올라가려는 꿈을 꿉니다
별을 끌어안습니다

그와 나 사이

벚꽃들이 피고 지는 사이,
나무에서 나무로 새들이
옮아앉는 사이,
스쳐간 바람이 되돌아오는 사이,

그런 사이의 그와 나 사이

어깨 겯고 있는 풀잎과 풀잎들
사이, 그 사이에
글썽이다가 흘러내리는
이슬방울들과 햇살 사이,

그런 사이가 나와 그 사이

꿈속에서도 그 바깥에서도
만나자말자 헤어져야 하는
그런 사이의 그와 나 사이

그의 묵음默吟

설익은 시 한 편 쓰고
연거푸 술잔을 기울인다

밤이 이슥하도록
그는 술잔을 비우게 한다

시를 더 다듬으려 애써도
거기가 거기일 뿐,

안 들리고 안 보이게 그는
지레 읊고 가버린 걸까

꿈속의 천사

곤한 잠에서 깨어난 이른 아침,
언젠가 꿈속에서 한 번 만난 천사가
유리창을 두드리는 것만 같았다

눈 비비며 창가에 다가가 봤다
창유리에 닿아 미끄러지는 햇살 너머
구름 한 자락이 나를 바라본다

어디에선가 들릴 듯 말 듯 낮게,
끊어질 듯 이어지는 무반주 첼로 소리
후렴만 부르는 것 같은 멧새들

천사는 천생 천상에 머물 뿐
꿈길에서 단 한 번 만나면 그만일까
나는 왜 이다지 철이 안 들까

창가에 앉아 하늘을 우러르면

천사는 꿈속 어디쯤 다시 내려오는지,
속절없이 햇빛만 뛰어내린다

성聖 풍경

비둘기 몇 마리
청동지붕 위에 내려앉는다
미사 끝난 지 한참 지나서일까
정적 속에 홀로 난분분 지는 벚꽃들,
성전의 창틈 사이로 흘러나오는
무반주 그레고리오 성가,

들릴 듯 말 듯 나지막이
누가 기도하듯이 읊조리는데도
그지없이 성스럽고 신비하게 들린다
날다 다시 낮게 내리는 비둘기,
지는 꽃잎들도 신비스럽고
성스러워 보인다

따스한 봄 햇살을 되쏘고 있는
첨탑 위의 눈부신 십자가,
낮게 두 손을 모으며 우러른다

파가니니와 함께

파가니니가 악마의 바이올리니스트라면
내 안에 숨어 있던 악마가
탈을 벗어버린 채 춤추고 있는 것일까
파가니니의 왼손 피치카토에 튕겨 올라
가보지 못한 세계를 누비고 있는
이 황홀경

중음들과 프라지오레토,
스타카토와 레가토……

눈을 뜨면
한순간에 부서져버릴 것만 같은
이 신비스러운 전율은 악마의 몫일까
한밤중에 뜬눈으로 뒤채고 헤매다가
파가니니의 연주에 빠져든
나는 미혹의 악령에 사로잡힌 것일까

한밤의 소요逍遙

한밤중의 적막을 흔들어 깨우는
슈베르트의 현악 오중주,
어둠 속에 누워 눈을 감는다
공기의 입자들이 미동하고
나는 포근한 숲길을 나선다
알레그로 마 폰 트로포,
꿈결을 비몽사몽 헤엄치는 동안
지나온 길들이 일어서며 다가온다
잊었던 슬픔들이 얼굴을 내민다
아다지오에서 프레스토로
불현듯 발걸음이 빨라진다
이따금 끼어드는 뿔피리소리,
여태까지 느껴보지 못했던
미지의 신비 속으로 든다
첼로소리가 문득 뛰어오르듯이
바이올린의 음역에까지 올라간다
그 소리처럼 나도 공중에 뜬다

알레그레토—날개가 돋은
내가 천장까지 오르내린다
부드럽게, 때로는 거칠게
내가 나를 벗어나기도 한다
그 심연 속에서 나는
어둠을 흔들며 솟구쳐 오른다

유리문

닫고도 열린 것 같은 유리문은
열어놓고도 닫은 줄 알 때가 있다
몇 번이나 닫힌 문을 닫으려 하거나
열린 문을 열려고도 했다
그럴 때마다 실소를 금치 못했다

그러나 그 정도는 약과다
언젠가는 참새 한 마리가
유리문에 부딪치며 피를 흘렸고
그저께는 내가 이마를 부닥쳤다
안경알이 깨지기도 했다
실소할 정도가 아니었다

이 세상에는 투명한 경계가 있고
그와 반대인 경우도 있다
유리문은 투명하지만 견고한 경계다
안에서도 바깥이 훤히 보이지만

안팎을 투명하게 갈라놓는다

유리문은 닫아놓고 싶거나
열어두고 싶어질 때도 있다
마음을 닫으려 해도 열리거나
열려 해도 닫혀버리기 때문이다

유월 어느 날

나무들이 허공으로 팔을 뻗는다
키 큰 계수나무 언저리에는 배롱나무들이,
날씬하고 아담한 주목 곁엔
꽃이 다 지고 난 철쭉들이,

그들 틈새에 낀
쥐똥나무들도 팔을 뻗는다

커다란 꽃잎이 뚝뚝 떨어지는
목단, 너무 처참하게
고개 부러지는 능소화 꽃잎들,
마른하늘에는 한바탕
번개와 천둥소리가 요란하다

스물아홉에 스스로 목숨을 끊은
고월*이, 역시 그 나이에
죽기까지 노래 부르며 버티다

세상을 떠나간 배호**가
왜 이리 선연히 떠오르는 걸까

유월 하루, 유난히도 목마른 날
고월 시 속의 플래티나 선과 같은 길과
배호가 애타듯이 부르는
노래를 따라나서다 보면

꽃 지는 허공에
나도 자꾸만 팔을 뻗는다

 * 시인 이장희(1900~1929)
 ** 가수(본명 배신웅, 1942~1971)

다시 부재不在

까치들이 무리지어 운다
누구를 반기는지, 무엇을 경계하는지,

때마침 저녁놀보다도 느릿느릿
저만큼서 누군가가 다가온다
하지만 가까이 오지는 않고
다가올 때처럼 손을 흔들며 멀어진다
나는 어렴풋이 그를 느낀다
알 듯하고 모를 듯도 하지만
내가 기다리던 나였던 것 같다

경계하거나 반길 필요가 없다는 듯
까치들이 무리지어 난다

하늘엔 하나 둘씩 별이 뜬다
노을이 가뭇없이 스러져 버리고
나뭇잎들이 몸을 비벼 댄다

풀벌레 소리도 그 소리에 끼어든다
눈을 지그시 감고 바라보면
정처도 없이 내가 떠돌고 있다
그런 내가 나를 바라본다

어딘가 안 보이는 곳에서
내가 나를 부르는 소리가 들려온다

늦가을

나뭇잎들이 가지를 떠난다
한 잎씩, 때로는 우수수 떨어진다
사람들이 내 곁을 스쳐간다

한 사람씩, 또는 무리지어 간다
어디서 와서 어디로 가는지 모르지만
오고 가고 오고 다시 멀어진다

놀이 슬리며 어두워진다
사람들의 발길도 차츰 끊어지고
바람은 옷자락을 흔든다

하지만 내가 어디로 가는지,
왜 이리 나무들 아래 붙박이는지도
생각하고 싶어지지 않는다

흩날리고 뒹구는 나뭇잎들,

내 마음도 함께 뒹굴고 흩날린다
먼 불빛은 더 멀어 보인다

하릴없이

종일 하릴없이 떠돌았다
안 빈 듯 빈 시간을 그러안으며
마음도 몸도 오고 가는 바람에 맡겼다
구름은 산마루의 나뭇가지에 걸렸다가
아래로 슬며시 미끄러져 내렸다
몇 번이나 비틀거리면서도
안간힘으로 버티곤 했다
뒤꿈치까지 붕붕 뜨는 것을
느끼면서도 그대로 발길을 이었다
아픔인지 슬픔인지 알 수 없는 뭔가가
가슴 밑바닥에서 출렁거리기도 했지만
지그시 눌러 앉혀 보려고 애썼다
바위들은 아무 표정이 없어도
새들은 끝없이 지저귀고
검붉게 타오르다 지는 저녁놀
초승달이 가늘게 눈을 뜨는 동안
어두워질수록 반짝이는 별들을 향하여

강가의 언덕배기를 헤매면서 기다렸다
강물 위에 하나 둘씩 별이 뜨고
풀벌레들이 울고 있었다

눈이 내릴 때

눈이 내리고 눈송이들과는 달리
두 발이 공중에 뜬다
함께 떠오르는 내 꿈에
샤갈과 슈베르트의 꿈이 포개진다

몇 해 전 모스크바에서도 그랬다
'참새언덕'*의 자작나무에 기대서서
눈을 맞으며 하늘을 바라보니
샤갈의 꿈이 눈발 사이로 어른거렸다
그 꿈을 끌어안으며
내 꿈을 그 속에 다져넣고 있는 동안
슈베르트의 〈겨울 나그네〉 중
'보리수' 몇 소절이 함께 어우러져
아득한 하늘로 나를 들어올렸다

내리는 눈송이들 사이로 천사들과
바이올린이 날아다닌다

내 꿈도 날개를 단 듯
이 덧없는 떠돎마저 포근해진다

 * 모스크바 외곽의 야트막한 구릉

저녁 눈

느긋하게 내리고 비우는데
왜 이리 자꾸 차오르는 것일까
〈욕망이라는 이름의 전차〉*와 같이
밀어내도 달려드는 미련 때문일까
미련은 구르는 눈덩이 같아 이럴까

날이 저물어도 눈이 내린다
나뭇가지가 휘도록 내리는 눈은
각양각색의 빛깔들을 다 지우지만
내 마음에는 내리지 않아 이런 것일까
아무리 내려도 쌓이지 않아서일까
먼데서 들려오는 희디흰 종소리,
그 소리 구구절절 눈물겹다

먼 종소리에 안간힘으로 다가가 봐도
끼얹기도 전에 마음은 굴러 내린다
눈은 어둠을 희디희게 뒤덮지만

끝내 마음에는 쌓이지 않는다
끌어당겨 봐도 비껴 내린다

* 테네시 윌리엄스의 희곡 제목

II

겨울저녁 벚나무

벚나무 빈 가지마다 눈송이 희디희다

가지들이 휘도록 희디희다

뿌리로만 힘 모으고 있지만

벚꽃 활짝 핀 지난 봄의 그 기억으로

팔을 벌리고 서 있는 건지

때 아닌 절정을 맞이하듯

새봄 꿈의 등불들 환하게 켜들고 있다

홍매화와 함께

늘겨울에 내리는 눈은 더 희다
홍매화 꽃잎의 눈송이는 더욱 희다
붉은색 위의 흰색이
더 차게 보이는 것도 착시현상일까
흰색, 붉은색의 대비 때문일까

겨우내 매서웠던 바람 때문에
새봄을 기다리며 타던 애간장들을
저리도 붉디붉게 터뜨려 놓았는지
홍매화 꽃잎에 가슴을 포갠다

늘겨울 눈송이는 더 차갑고
홍매화 송이들은 더 뜨거워 보인다
봄이 느리게 다가오는
창가에 앉아 이 생각 저 생각 하며
마음에 따스한 불을 지핀다

경칩 무렵

안 돌아올 듯이 떠나갔던
새들이 다시 날아든다

어디에 갔다가 되돌아왔는지
창가의 산딸나무 빈 가지에 앉아
나직이 지저귀고 있다

경칩 무렵의 아침나절
산딸나무도 부활절을 기다리는지
빈 몸 추스르며 팔을 뻗는다

어느덧 봄의 정령들은
해맑은 귀엣말을 건넨다

초봄의 화엄華嚴

이른 아침 범종 소리

간밤의 악몽이 희미해졌다

당목을 거듭 밀어치는

사미승은 길몽을 꿨을까

유리창 너머

앞산이 다가서는 듯하다

목련꽃들이 막 벙글고

춘란도 그새 꽃대를 내민다

이른 봄날의 이 화엄

봄 법석

마을이 마냥 설렌다
개나리 목련 벚꽃 활짝 핀 한낮
깨금발 하던 마을이 날개를 퍼덕인다
울타리와 나무들 아래는 연둣빛
새잎을 내미는 풀들

멧새들도 날아들며 재잘거린다
삼삼오오 학교에서 돌아오는 아이들의
경쾌한 발걸음, 종알대는 소리

양지에 나앉아 있는
나와 강아지만 졸다 말다 할 뿐
어디로 나들이 가는지, 유모차를 미는
노파의 발걸음도 가뿐해 보인다
온 마을이 법석이다

산길에서

산길을 오르다가
난생처음 보는 새를 만났다
금세 어디로 날아갔는지
다시 만나 볼 수는 없다

산꼭대기에 올라
낯익은 풀꽃을 들여다본다
보면 볼수록 앙증스럽다
눈감고 봐도 마찬가지다

내려오는 길에는
몇 번이나 발에 채는 돌부리
넘어질듯 중심을 가눴다
저 아래도 돌부리길이다

벼랑의 향나무

발을 조금만 내디뎌도 떨어질
가파른 바위 벼랑

간신히 매달리듯 제겨 디디면서
향기 쟁이는 향나무 한 그루
꽉 잡고 있는 건
바위가 아니라 아득한 바다다

바다가 떠받드는 먼 하늘이다
울릉도 향나무는
안으로 쟁이는 남빛 바다와
옥빛 하늘을 아우르며 품는다

저만의 그 향기를
사방으로 가만히 나르고 있다

모량리 지나다가

경주 건천 모량리 지나다가
눈길이 그 마을 뒷산에 꽂히더군요
평범해 보이는 그 구강산을
보랏빛 석산으로 바라보던 시인*의
마음눈이 부럽게 아름다워였지요
부처 눈에는 부처만 보인다는 말과
제 눈에 안경이란 말도 있습니다만
요즘은 눈앞이 흐리고 어둡습니다
눈 비비고 또 비비며 봐도
밝은 빛깔마저 왜 혼탁하게 보이고
무거워지는지 모르겠습니다

모량리 지나 한참을 오다 보니
차창에 어른대는 청노루 한 마리,
아마도 지난밤 꿈속의 한 장면이
보이다 말다 해서 그런 거겠지요

  * 박목월(1916~1978)

강나루에 앉아

강나루에 앉아 흐르는 물을 바라본다
새삼, 나도 저와 같이
흘러갈 뿐이라는 생각이 든다
구름에 달 가듯이 / 가는 나그네*였던
시인의 서늘하게 아름다웠던 꿈이
저릿하게 가슴에 이랑져 온다

눈을 들어 바라보면

나는 달에 구름 가듯이 간다
어디로 가는지 속절없이 흘러간다
청노루 / 맑은 눈에 // 도는 / 구름**을
들여다보던 시인의 맑은 눈,
그윽한 그 마음자리가
침침한 눈, 비비고 또 비벼 뜨게 한다

청노루 맑은 눈에 도는 구름을

살아생전 한번 들여다보지 못하더라도
달에 구름 가듯이 서글피 흘러 갈지라도
아름답게 서늘한 꿈을 꾸며 가고 싶다
그런 꿈꾸는 나그네이고 싶다

* 박목월(1916~1978)의 시 「나그네」 부분
** 「청노루」 부분

왕릉 앞에서

고분에 풋풋하게 돋아나는 풀잎들
오랜 옛날의 말발굽소리가
어디서 되돌아오는지,
꿈결에만 들리던 방울소리도
귓전에 밀려오는 것 같다

불같이 세상을 호령하던
목소리가 여태 허공을 떠도는지,
하늘과 땅에 오르내리고 있는지,
봉분에는 어른대는 광채

봄 길목의 아지랑이같이
아른거리며 마음 설레게 한다
하지만 눈을 감은 채
그 꿈길을 되돌아 나오면
영화도 한갓 흘러가는 뜬구름이다

나비와 조약돌

강가로 밀린 동그란 조약돌 위에
나비 한 마리 날개를 파닥입니다
모가 닳고 또 닳으면서
예까지 굴러온
조약돌이 나비를 끌어당겼을까요

꽃잎을 찾아 떠돌고 헤매던 나비가
그 절정의 순간들을
쟁이고 다진 자신의 생명력을
불어넣는 것일까요
조약돌의 생명과 함께하는 걸까요

죽어가며 날개를 파닥이는 나비는
그런 조약돌이
부러워서 그런 걸까요
뒤채면서 닳아서 완성된 조약돌은
동그랗게 살아가고 있을 거니까요

비비추꽃

비비추꽃들이 핀다
연한 자주색 꽃잎들,
어미새가 주는 먹이를 받아먹으러
주둥이 다투어 내미는 아기새 같다

한껏 벌린 새부리 모양의 꽃잎들이
여름 낮꿈 꾸듯 해바라기를 한다
작은 새들도 날아든다
비비추꽃들이 핀다
어린 시절 어머니에게
유별나게 까탈을 부리던 내 모습,
아주 오랜 기억들도 데려오며 핀다

자줏빛 안으로 끌어안은 흰 꽃들은
수술들 사이에 유난히 앙증맞게
암술을 내밀면서 핀다

햇살에 몸 비비듯이
서로에게 마음 포개어 비비듯이
또는 나처럼
바람과 뜬구름에 마음 비비듯이
반그늘 뜰에서 핀다

팽나무 있는 풍경

포구에 서 있는 팽나무
불콰한 황색 열매들 사이에
희미한 반쪽 낮달이 걸려 있다

고기잡이배들은 만선 꿈을 꾸는지
먼 바다 여기저기 가물거린다

팽나무 익은 열매 같은 얼굴빛의
악동들이 모여들어
깔깔대며 팽나무 열매놀이를 한다

팽팽 나는 그 열매들과는 달리
갯바위 아래 붙박인 거룻배 한 척

어느새 낮달도 제 길 가버리고
포구의 팽나무를 바라보는
나만 우두커니 서 있다

겨울 초입

홍단풍 잎들이 다 떨어지고
청단풍나무도 며칠 새 빈 몸이다
그 알몸들 위에 햇살은
건반 두드리듯 뛰어내리지만
차츰 속도를 붙이는 찬 바람,
마스크 끼고 외투를 껴입은
행인들의 움츠린 어깨,
어디로 가는지 잰걸음이다
이 스산한 풍경 한가운데로
끼어드는 몇 마리 작은 새들,
절제된 야성의 숨소리와
이따금 튕겨 오르는 지저귐 소리,
나는 그 언저리를 서성인다

장이규*의 소나무

장이규는 소나무와 함께
자연과 하나 되려는 꿈을 꿉니다
암녹색으로 승화되는 그 꿈은
소나무를 사람 가까이 끌어당기고,
사람과 같은 줄에 선 소나무는
초월적 명상을 하고 있는 듯합니다
그 녹색의 변주들은
안으로 끌어당기듯 밖으로 나아가며
밖으로 나아가듯 안으로 되돌아옵니다
안과 밖이 하나가 되게 하는
장이규의 소나무는 자연 그대로이면서
늘 푸르게 맑은 마음의 나무입니다
그 마음으로 소나무를,
소나무로 그런 마음을 드러냅니다
자연과 하나 되려는 그의 꿈은
녹색의 변주로 길을 트고 닦습니다
그래서 그의 소나무는 마침내

우리의 꿈에 녹색의 날개를 답니다
자연으로 이끌어갑니다

  * 서양화가

김일환*의 나무

김일환의 토템은 나무입니다
그냥 나무가 아니라
'아리랑'을 품은 나무입니다
우리 겨레 정서의 뿌리로,
동질성으로, 유구한 세월 동안
연면히 이어져 온 한과 체념,
기실은 기다림과 바람의 역설을
오롯이 품고 있는 나무입니다
단군 이래의 그 토테미즘 숨결,
하늘과 땅, 하느님과 인간을
만나게 하는 신성한 나무입니다
그는 낮게, 낮게, 어리석은
한 그루의 나무가 되어
그런 나무와 하나가 되려 합니다
우리의 어리석음을 일깨워
절대자 가까이 다가서게도 합니다
그 꿈과 신비의 세계는

오늘의 신화를 잉태하지만
오래된 새로움, 아득한 내일입니다
김일환의 토템인 나무는
우리를 다시 일깨우는 '아리랑',
영원을 향한 주술을 품고 있습니다
새롭게 오래된 그 토테미즘이
미지의 환한 길을 트고 있습니다

*서양화가

노태웅*의 기차역

노태웅은 이따금
눈 내린 기차역에 머뭅니다
사람과 기차들이 움직이지 않고
정적과 침묵만 쌓여 있는 기차역입니다
그의 마음이 닿는 곳은 언제나 그러하듯
움직이는 사물들이 죄다 멈춰서 버립니다
눈도 내리기보다는 내리고 난 다음일 뿐
차가운 듯 부드럽고 평온한 공간입니다
낯익은 것들도 다 낯설게 하지만
그 낯설게 멈추어 선 시간은
새로이 따스합니다
그는 그 순간을 붙들어 놓은
선택된 공간에 비사실적 환상과
심상 풍경을 포개놓기 때문인 듯합니다
대상을 촘촘하게 그리는 것 같으면서도
생략과 함축, 단순성과 간결성이 강조돼
그의 내면을 그대로 드러낸다고 할까요

직선 구사와 평면화, 극단적 체도에도,
포근하고 아름다운 그의 기차역,
그 정적 속으로 나도 이따금
깃들이곤 합니다

 * 서양화가

III

그이는 오늘도

그이는 오늘도 시를 쓴다
길거리에 나뒹구는 낙엽처럼
눈여겨보아 주는 사람이 없더라도,
밥과 빵과 명예가 되지 않을지라도
쓰다가 지우다 다시 쓴다

즐겁고 기뻐도 그러지만
괴로우나 외로우면 더 그런다
띄울 곳이 막막한 편지를 쓰듯이,
빈 메아리로 돌아오기만 할지라도
오늘도 그이는 시를 쓴다

누가 좋아하든 않든, 뭐라 하든
그이는 오늘도 한갓
말을 불러 그러안는 길을 간다

(나도 그 길을 따라 나선다)

불에 불 지르듯

물에 물 탄 듯,
술에 술 탄 듯,
하지만 긴장은 늦추지 말고

물 위에 기름방울 돌듯,
달에 구름 가듯이,
하지만 가고 싶지 않은 길은
죽어도 안 가려는
오직 하나 그 마음으로,

가다가 서다가 다시 가면서
술에 술 따르듯,
불에 불 지르듯,

튤립 한 송이

간밤 꿈속에서 만난
튤립 한 송이를 길에서 만났다
함께 어우러져 핀 꽃 가운데
막 고개 부러진 듯한 한 송이가
마음 아리게 흔든다

팔을 뻗으면 안 닿게 달아나던
앙증스러운 그 모습 그대로다
그리도 목 태우던 그 모습이다

지는 튤립은 왜 저리
스스로 고개를 꺾고 마는 걸까
붉디붉게 달아오르는 마음도
혼자 안고 가려 하기 때문일까
오, 튤립 같은 사람아

별 하나

너를 찾아 떠도는데
별 하나 내려와 가슴에 안긴다
왜 그런지는 알 수 없지만
허공의 먼 메아리도
이명같이 귓전에 맴돈다

세월은 물같이 흘러도
소중한 기억은 그대로 남아
나를 붙들고 있었는지

은하수 저편의 별 하나가
가슴에 안길 줄이야
왜 그런지는 알 수 없지만
꿈결이듯 그렇지도 않듯 너는
내 안에서 반짝인다

달맞이꽃

나를 두고 간 그대가

와도 가까이 오진 않습니다

가까이 오라고 말하지도 못하고

그렇게 오겠다고 말하지도 않았지만

그대 향한 단심丹心은 비울 수 없습니다

남모르게 혼자서 가슴 죄게 합니다

그대 향한 마음의 문은 언제나

열어둔 채 마냥 기다립니다

늘 그대를 우러릅니다

매미에게

나무에 매달려 울던 매미가 사라졌다
애타게 기다리던 짝과의
짜릿한 한순간을 보듬으며 죽어갔을까
오랜 애벌레에서 굼벵이로,
땅 속에서 오래오래 그런 신세로 살다가
날개를 단 뒤 한 달 안에 떠나야 하다니,
간절히 원하던 짝과 몸 섞고 나면
이내 몸을 벗어야 하다니,

나뭇가지에 여태 매달린
매미 허물을 바라보면 안쓰럽다
이 허물을 벗어 버리고 싶다고 생각하니,
오랜 세월 더 나은 세상을 꿈꾸어 왔듯이
나를 벗고 싶다고 마음먹으니,
영겁의 이 짧은 한때가 너무 허망하다
그래도 이 허물 벗고 싶어
뜬구름 자락에 속절없이 마음 포갠다

외톨이 그는

짙은 설움 안고 사는 외톨이 그는
벚꽃 피면 자꾸만 눈물 난단다
짧은 절정보다 그 몇 백배 날들이
너무나도 가혹하기 때문이라 한다
벚나무 아래 주저앉아 중얼거리는 그는
꽃은 오래 기다려 피면 이내 지고 말아
기다림만 기다리는 느낌이라고 한다
외로운 기다림에 이골이 난 그지만
매미의 일생을 떠올리면 아예
기가 차버릴 지경으로 참담해진단다
벚꽃은 한 해를 기다리면 피어나지만
매미는 그 열 배의 세월을 참고 기다려야
숲속에서 울 수라도 있기 때문이라 한다
매미는 나뭇가지의 애벌레로 오래,
굼벵이로도 땅속에서 칠년 정도 기다려
우화하지만 달포도 살지 못한다고 한다
수컷은 짝을 기다리며 애를 태우다

절정의 찰나만 치루면 죽어야 하고
암컷은 알을 슬고 나면 떠나야 한다니
기가 안 막힐 수 있겠느냐고 한다
평생 배필 한 번 만나지도 못한 채
죽지 못해서 산다는 오랜 외톨이 그는
벚꽃이 기를 쓰며 피어나면 울고 싶고
매미가 울면 기가 차 죽을 맛이란다
자신도 한 번 짝을 만나기라도 하면
이내 죽어도 좋을 것 같단다
외톨이 그는 오늘도 울고 또 운다

그 사람의 별

장미꽃이 넝쿨째 지고
그 사람 떠났다는 전갈이 왔다
유리창 너머 앞산이 가까이 다가서고
풋감이 몇 알 떨어져 땅바닥에 뒹군다

어느덧 서산마루에 매달리는 저녁놀,
창유리에 어른거리는 그 사람과의
지난날들이 갰다가 흐려진다
다시 아프게 갠다

빈손으로 왔다가
빈손으로 떠나간 그 사람,
그 사람 생각하면 눈물겨울 뿐
나도 언젠가 티끌로 돌아가야겠지만

몇 개비 잇달아 피우는 담배 맛이 쓰다
누군가 이럴 땐 나뭇잎들을 태워

그 재를 뿌린다고 했던가
하늘에 별 하나 뜬다

빈집

그 사람이 떠나간 빈집 뜰에
구름 그림자가 느릿느릿 지나간다
맨발로 뛰어내리는 햇살,
담장 아래서 빛을 되쏘는 사금파리들과
처마그늘 한 모퉁이에 웅크린
키 작은 맥문동 몇 포기,
하늘은 창유리에 연방 판박이를 한다

그 사람은 유난히 맥문동을 좋아했다
응달에 모여 앉은 포기마다 오종종
보랏빛으로 핀 꽃을 좋아했다
처마그늘로만 걸어 다니던
시인 고월의 유별난 결벽증같이
그 사람은 외길로만 걷다가 갔지만
빈집은 그를 달가워하지 않는 것일까

멧새들이 날아들어 지저귀고

꽃들이 한껏 핀 배롱나무 그늘엔
빈 술병들이 뒹굴고 있다
하지만 바뀐 일이 없었던 것처럼 태연히,
새로 깃들 누군가를 기다리듯이,
빈집은 무덤덤한 표정이다
모든 바람을 끌어안으려는 듯 서 있다

그 사람의 뒷모습

그 사람 떠나고 나서
뒷모습이 자꾸 떠오릅니다
앞모습보다 더 자주 떠오릅니다
앞을 내다보며 앞질러 살았는데도
뒷모습이 더 아름다워 보입니다
남몰래 자신을 오롯이 바친
그 사람 걸어간 길은
남들에게 보이려 하기보다
드러내지 않으려 해서 그럴까요
안 보이듯 점점 뚜렷이 드러나서
날이 갈수록 그런 게 아닐까요
그 사람의 뒷모습이 오늘도
아름답게 떠오릅니다

그 사람과 시

그 사람은 시를 쓰기보다

시 안에서 시를 살았다

그 사람은 아름다운 꿈을 꾸면서

그 길만 묵묵히 걸었다

그 사람의 그 길이 부러운 것은

나는 시를 살지 못하고

쓰려고만 하기 때문일까

페리칸사스

영영 지나가 버려서,
영영 가고 말아 마음 이리 아플까

돌이킬 수 없는 지난날들은 마치
열매 오종종한 쥐똥나무울타리 옆
유난히 빨간 페리칸사스 열매들 같다

죽을 지경으로 한동안 앓고 난 뒤
들이켜는 한 잔의 찬물,
몇 모금 담배연기의 이 처연함,
먼 하늘, 허공 깊숙이
뜬구름 몇 조각도 다 지워지고
하루해도 서산을 넘는다
너는 기어이 나를 떠나가 버렸다

영영 가서 이리 보고 싶어지는 걸까
다시는 못 돌아올 지난날들이기에

가슴 미어지도록 그리운 것일까

빨간 페리칸사스 열매들에 맺히는
마음은 쥐똥빛깔이다

가는 가을

나뭇잎이 우수수 떨어진다
또 한 사람과 헤어져야 했다

서녘놀이 붉게 타오르다 진다
계수나무 빈가지에 걸리는 반달,

찬 하늘에는 별들이
모여 앉으며 눈뜬다

대숲을 흔들어대는 바람 소리가
술잔을 스치고 가다 돌아온다

곧 성긴 눈이라도 내리려는지
발치에 뒤채는 낙엽 두어 잎

결별訣別

오면 다시 떠나야 하고
가면 돌아오지 못하는 것이
어디 세월뿐이랴

오늘도 유리창 저쪽을 바라본다
그 이쪽도 들여다본다
지저귀는 새들이 이쪽을 들여다보고
나는 새들이 날아가는 하늘을 바라본다
구름 사이로 희미하게 떠가는 낮달,
우두커니 창가에 앉아
어디론가 가는 나를 들여다본다

너는 떠나갔지만
가면 다시 못 돌아오는 길이
이 세상 모든 길인 것을,

이쪽 문

이쪽 문이 닫힌 뒤엔
저쪽 문이 열리기 때문일까
그 사람은 이쪽 문이 닫히자 떠나갔다
오랜 갈등과 방황, 아픔도 내려놓고
애써 붙들고 있던 희망의 끈도 놓아버린 채
열린 저쪽 문으로 유유히 들어갔다
누구나 문을 열면 닫고 다시 열어야 하지만
싫든 좋든 저쪽 문이 열리기 전까지
즐겁든 괴롭든 이쪽 문을 드나들어야 한다
날이 저물도록 그 사람 그리워하면서
저쪽 문을 연 그 사람이 안쓰러운 것은
이쪽 문에 대한 집착 탓일까
열고 닫고 다시 연다

지상의 길

너는 기어이 떠나고
오늘은 샐비어 꽃잎들이 저리 붉다
떨어지는 홍단풍 잎들도 그렇다
이 지상의 길이란
오면 떠나야 할 길이므로,
한 번 가면 다시는 못 돌아오더라도
어찌 우리 이 길을 안 갈 수 있으랴
마음 이리 붉어지다가도
식어버리고 말 걸
홍단풍 낙엽은 떨어져도 붉지만,
샐비어 꽃잎들 저리 붉게 타오르지만
이내 시들어 버릴 걸

너와 내가 가야만 할 이 길은
만나서는 헤어지고, 헤어져서는
영영 만나지 못할 길인 것을

나도 간다

참새들이 어디론가 날아가고
수도꼭지에선 물이 흘러내린다
잠그지 않은 수도의 물이 떨어지듯
시간은 언제나 같은 걸음으로 간다

사람들의 발길은 모두 제각각,
피어난 꽃들도 시들고 있다

어제 아침에는
이웃집에서 아기가 태어나고
오늘 저녁엔 한 지기가 영영
멀리 떠나갔다

참새들이 기약한 듯 날아들고
수돗물 소리가 다시 들리어온다

참새들 지저귐이 그 소리에 끼어든다

아무런 일들도 없었던 것처럼 시간은
여전히 같은 보폭으로 간다
길을 더듬으며 나도 간다

IV

칩거蟄居 며칠

누웠다가 앉았다가 섰다가 밤낮없이
침실과 거실을 오락가락합니다

벌써 며칠째 집에만 박혀있습니다
아무래도 세상이 거꾸로 가는 것 같아
그렇게는 가고 싶지 않기 때문입니다

그러나 작아지기만 할 뿐 속절없어
자다가 깨다가 꿈꾸다 말다가 합니다
눈을 떠도 감아도 헛도는 듯합니다

아침엔 조금만, 점심은 제대로 먹어도
밤이면 혼술*이 술을 마시기도 합니다
줄담배 버릇도 고치지 못했습니다

하지만 다시 마음 다잡습니다
내키지 않는 길은 가지 않겠습니다

* 혼자 마시는 술

흔들림에 대하여

지나가는 바람이 풀잎들을 흔든다
풀잎들과 함께 나도 흔들린다

나무들이 흔들리고
나뭇가지에 앉아 있는 새들도
안절부절 흔들린다

난바다의 선박 같았던 마음도
연못의 작은 종이배같이 흔들린다

흔들림에 이처럼 저어하는 것은
지나가는 바람이 심상찮기 때문일까
작은 흔들림에도 이다지 민감해지는 건
중심을 잃지 않으려는 집착 탓일까
어쨌든 중심은 잡고 있어야겠다

구두

내 구두는 균형이 깨지곤 합니다
오른쪽의 뒤축은 오른쪽이 더 닳고
왼쪽의 뒤축은 왼쪽이 더 닳습니다

그러나 구두 탓은 아닙니다
순전히 내 탓입니다
살짝 팔자걸음이라서
오른발은 우편향이고
왼발은 좌편향이어서
그렇게 되고 맙니다
그러려고 그런 건 아닙니다

하지만 언제나 발을 내딛을 때는
온몸으로 균형을 유지하려 합니다
마음으로는 중심을 잡고 있습니다

구두를 벗어 들여다보면 민망스럽고

뒤축에겐 더욱 그러합니다
구두는 염치를 가르쳐주는
자성의 거울 같다는 생각도 듭니다

다시 세상 타령 1

낙향한 저 윗대 할아버지*는
배꽃 위에 달빛 희게 내리고
두견새 슬피 우는 한밤중에 홀로
나라 걱정, 임금 걱정 '일지춘심'으로
잠을 이루지 못했다더군요
또 한 분 윗대 할아버지**는
까마귀가 검다고 비웃는 백로를 향해
겉 희고 속은 검다고 질타했지요
요즘은 두 할아버지 심경이
세삼 가슴 치는 세상입니다

  * 고려조의 이조년(李兆年)
  ** 조선조의 이직(李稷)

다시 세상 타령 2

요즘 부쩍 왜 이럴까요
내 탓이 네 탓이 되고
네 탓이 내 탓이 되는 세상입니다
좋은 일이면 네 탓이 내 탓이 되고
나쁜 일이면 내 탓이 네 탓이 되는
그런 세상인 듯합니다
그렇게 내 탓을 네 탓으로 뒤집고
반대로 네 탓을 내 탓으로 뒤집는
세상은 연옥 같습니다
나쁜 일이면 내 탓이 네 탓이 되고
좋은 일이면 네 탓이 내 탓이 되는
그런 세상은 경전에만 있는지요
내 탓이오, 내 탓이오,
그런 말은 요원합니다

다시 세상 타령 3

눈 비비고 봐도 요즘 세상은
뒷걸음질치고 있는 것 같습니다
내게 엄격하고 남에겐 그 반대라고
입만 열면 말에 탈을 씌우는 사람들,
날이 갈수록 가관입니다
얼굴에 철판이라도 깐 듯,
남 말은 안 들으려는 듯,
귀를 막고 눈도 가려버린 것일까요
나도 살고 너도 살자는 게 아니라
너는 죽고 나만 살려고 합니다
다 함께 죽자는 것 같습니다

세상은 너와 내가 더불어 살아가는
그런 곳이라야 한다고,
그런 세상을 위해 함께 가자고
외치는 사람들이 되레 핍박받는다면
잘못되어가는 세상이 아닐까요

우리 함께 따뜻해지는
그런 세상이 언제 오기나 올는지요

줄서기

자기편 아니면 적이라는 걸까
줄을 잡고 줄서가는 사람들은
같은 줄이 아니면 왜 그렇게 보는지
다른 줄에 서지 않았는데도
줄서기를 싫어해도 안 되고
반드시 줄을 서야만 한다는 건지
물러서서 생각해 봐도
줄서기는 정말 싫다
검은색 아니면 흰색뿐
다른 색은 모두 지워버린 탓일까
흑백논리로만 들여다본다
자기 논에만 물을 대듯이
다른 물길들 다 막으며 편을 가른다
함께 갈 세상이 안 보이는지
보여도 애써 안 보려 하는지

한참 더 물러서서 생각해 봐도

저 줄서기는 잘못된 것 같다
더불어 그러나 따로 가는 세상을
따로 그러나 더불어 가는 세상을
언제까지 꿈꾸어야만 할는지
언제 그런 세상 오기나 올는지

어떤 항해

배가 이따금 기우뚱거립니다
왼쪽으로 기우는 듯한데
사람들은 그쪽으로만 몰려갑니다
과연 배가 난바다에서 무사할는지요

선장과 선원들은 어쩌려고 그러는지
왼쪽으로 모여들라고 부추깁니다
목적지가 까마득할 텐데
가다가 좌초하려는 것인지요

어떤 이들은 떨리는 목소리로
오른쪽에 모이자고 합니다
중심과 균형을 잡아줘야 한다고,
정신 차리자고 고함지르기도 합니다

배가 점점 더 왼쪽으로 기울어집니다
그런데도 태무심, 낙담들만 하니

이상하고 야릇한 일입니다
뻔히 알다가도 모를 일입니다

콩과 팥

옳은 건 옳고 그른 건 그르다
콩은 콩이고 팥은 팥이다

자신까지 속이는 사람들은 그렇잖단다
팥은 콩이 될 수는 없고
틀린 건 틀릴 뿐인데
팥을 콩이라며 다른 걸 같다고 한다
자기 논에만 물을 대듯 말을 바꾸고
얼굴까지 바꾸는 사람들이라 그럴까
귀에 걸면 귀고리고
코에 걸면 코걸이 되듯
손바닥 뒤집으며 일진광풍에 편승한다

콩과 팥이 같을 수 없는데
막무가내 팥을 콩이라 우긴다

아무리 눈 가리고 귀를 막아도

팥은 팥이고 콩은 콩이다
하늘의 뜻을 어길 수는 없듯이

배호와 나

방황하던 십대 후반이었지요.
드럼 치며 노래하는 당신께 단번에 빠졌어요.
내가 부랑아 같아서 그랬는지 몰라요.
'황금의 눈'이 마음을 앗아 버렸던 거지요.
얼마 뒤 그 이전의 노래 '굿바이'를
따라 부르며 처절하게 헤매기도 했어요.
도무지 앞날이 안 보여서 그랬을 거예요.

나보다 다섯 살 위인 당신은
중학교 일학년 때 아버지 잃고 헤맸겠지만
나는 초등학교 삼학년 때 헤어졌어요.
오학년 때는 영영 헤어져야만 했지요.
눈 펑펑 쏟아지던 날 아버지는 병원에서
고향집으로 눈감은 채 돌아오셨어요.
정신 줄 놓고 하염없이 울고 또 울었지요.

당신은 이모가 운영하는 모자원에서

한 해 동안 중학교를 다니다 귀경했다지요.
외숙부 악단에서 드럼 배워 활약하다가
스물두 살 때 십이인조 밴드를 결성하고
'황금의 눈' 불러 히트를 했잖아요.
그 무렵 나는 부랑아같이 떠돌았으며
막노동판에서 일하다 가출하기도 했지요.

대학에 진학할 수 없어 한 해 동안
아르바이트로 전전하며 신경쇠약에다 불면증,
가슴에는 궂은비만 내리던 시절이었지요.
천신만고, 우여곡절 끝에 고학하게 됐지만
당신 노래와 실존철학 언저리를 맴돌았어요.
당신은 투병하면서 절정의 스타가 되고
쓰러지면서도 노래에만 열정을 바쳤지요.

나는 당신의 '돌아가는 삼각지',
'안개 낀 장충단공원', '울고 싶어', '누가 울어',

'그 이름', '당신', '파도'에 빠져 있었어요.
군 입대 전까지 공연장을 찾아다니고
술기가 오르면 당신 노래를 부르곤 했지요.
단 한 곡도 빠뜨리지 않고 따라 하다 보니
내 목소리도 병색이 짙어지는 것 같더군요.

육군 소위 시절 당신 떠났다는 소식 듣고
밤 이슥토록 술이 나를 마실 때까지
'영시의 이별', '안개 속으로 가버린 사람',
'안녕'을 부르고 또 불렀지요.
대중가요는 좋아하지 않는데 왜 그렇게도
당신 노래에만 끌려 다녔는지 모르겠어요.
지금까지 왜 그런지 알다가도 모르겠어요.

오죽하면 나를 '이호'라고 불렀겠어요.
아무리 생각해 봐도 왜 그랬는지,
아직도 왜 이러고 있는지,

정말 묘한 인연이라는 생각이 들어요.
'굿바이'라는 말이 왜 이다지도 싫은지,
이 세상 안개 속을 헤매노라면 왜 이리
'마지막 잎새'에 마음 아픈지 모르겠어요.

배호 생각

사랑을 아시나요, 모르시나요.
내 마음을 앗아버린
황금의 눈.

적막한 이 한밤을
술에 타서 마시며

눈물 젖어 한숨짓는 외로운 사나이가
서글피 찾아왔다
돌아가는 삼각지.

낙엽송 고목을 말없이 쓸어안고
울고만 있을까.

지난날 이 자리에 새긴 그 이름,
뚜렷이 남은 이 글씨, 다시 한 번
어루만지며 떠나가는 장충단공원.

다시는 못 올 머나먼 길을
떠나야 할 당신.

내 사랑 그대여,
가지 마오, 가지 마오.
굿바이, 굿바이, 그 인사는 나는 싫어.

참았던 눈물이 야윈 두 뺨에 흘러내릴 때
안개 속으로 가버린 사람.

멀리 떠나간 내 사랑은
돌아올 길 없는데
누가 울어, 이 한밤, 검은 눈을 적시나.

그 얼마나 참았던, 사무친 상처길래
흐느끼며 떨어지는 마지막 잎새.

굿바이, 굿바이,
그 인사는 나는 싫어.
굿바이, 굿나이트, 그 인사는 정말 싫어.

* 이 시는 배호가 부른 노래의 구절들로 구성했음.

대프리카* 별곡

대프리카로 불리는 한여름의 대구,
지기들과 대구탕 먹으러 갔다
탕 그릇이 이 도시 같고
우리는 그 안의 대구 같다
고 누가 말했다

또 누가 말했다
우리가 대구탕 그릇 속에서
쩔쩔매는 꼴이란 말이군
아무리 그래도 그렇지 우리가
대구 같다니 비약이 심한 거 아뇨

다른 한 사람도 끼어들었다
자자, 대구탕들 드세나
이열치열이 대프리카서는 제격이잖소
고춧가루 듬뿍 치시지
다들 대구 사람답게 말이요
  * 대구와 아프리카 합성어

어느 저녁, 불현듯

저녁 숲길을 걷다가 불현듯
반세기도 훨씬 넘은 세월 저편에서
걸어오는 내가 앞을 가로막는다
불면증과 신경쇠약에 시달려 퀭한 눈,
세상살이 견디기 힘들어 몇 번이나
스스로 목숨 버리려 하던 그 모습 그대로다
아마도 여태 어디 숨어 있다가
나타난 것 같지만, 떠밀어내고 싶다
하지만 왜 반갑기도 한 건지……

나는 그때의 그 나와 더불어
마을이 멀리 보이는 길로 접어든다
오래된 아픔들이 그때 그대로다
낙망과 비관이 조금도 바뀌지 않았다
그때 그 내가 나직하게 말을 건다
절망을 절망하려고 하던 절망이 약이었다고,
죽을 둥 살 둥 몸부림쳤으므로

살아남게 된 거라고 귀띔을 한다
가까워지는 마을의 불빛들……

이윽고 집 가까이 다다른다
그 옛날의 나는 어디론가 가버려도
빛바래고 희미한 주마등이 하나
우리 집 창가에 매달려 흔들리고 있다
죽기로 안 죽으려 하던 안간힘과
온갖 우여곡절들이 불빛 따라 일렁거린다
지난날은 미화되게 마련이라지만
나는 왜 그다지 지우려고만 했는지,
그 시절이 새삼 쓰라려온다

막막한 길

지나온 길을 되돌아보면
아무래도 길을 잘못 든 것 같아
멈춰 서서 머뭇거린다
다시 돌아서면 갈 길은 더욱 흐리다

복사꽃 몇 잎 발치에 떨어지고
똑같은 음률만 빚는 개울물 소리,
뜬구름 유유히 흘러가는 허공,

떠나온 길 거슬러가서 올 수는 없어
뒤돌아보게만 할 뿐,
어디로 가야 할지 눈앞이 침침한
봄날 이 나른한 낮 한때,

길이 끝나면 다시 시작된다지만
끝도 시작도 거기가 거기인 길을
덧없이 헤매며 떠돌고 있을 뿐,

옛집에서

한동안 지저귀던 멧새들이 안 보인다
퇴락한 옛집의 오래된 적막을
저마다 한 등짐씩 지고 간 걸까

마당귀에 우두커니 앉아 바라보면
빈집 구석구석에도 수런거림,

햇살은 맨발로 뛰어내린다

아른대는 자라봉*의 아지랑이,
구름 그림자들은 이마를 스쳐간다

아득히 가버린 그 옛날이 그리워
희미해진 꿈들을 불러 모은다
멧새들도 화답하듯 하나 둘 날아든다

　* 고향 마을의 앞산 봉우리

내 발소리

한밤, 꿈을 깨어서도 눈을 감은 채
그 희미한 장면 속으로 들다 말다 한다
그 숲길에는 이름 모를 작은 새들이
알 수 없는 소리로 지저귀고
이름 모를 꽃들이 형형색색으로
피어나고 지기도 한 것 같고
숲만 저 홀로 술렁거리던 것도 같다
하지만 그 모든 장면들은 너무 희미하다
분명한 것은 누군가 발소리를 내고
그 발소리가 바로 내가 나에게로 향하던
그런 소리거나 바람소리였던 것 같고
먼 길을 정처도 없이 떠도는
순례자의 발소리이던 것도 같다
그 장면 속으로 들다 말다가
다시 꿈속으로 미끄러져 드는가 하면
내 발소리가 들리다 말다 멎기도 한다
내가 나에게 연신 말을 건네면서,

꿈은 시를 낳고, 시는 초월을 꿈꾼다

이 구 락 (시인)

꿈은 시를 낳고, 시는 초월을 꿈꾼다

이 구 락(시인)

I

1974년《현대문학》으로 등단한 이태수 시인의 시력은 이미 45년을 넘어서고 있다. 첫 시집『그림자의 그늘』이 등단 5년 만에 나온 것은 한국시단으로서는 보편적인 행보였지만, 두 번째 시집『우울한 비상의 꿈』부터는 평균 3년마다, 특히 2012년 열한 번째 시집『침묵의 푸른 이랑』부터는 2년마다 새 시집을 내는 놀라운 저력을 보이고 있다. 그리고 이번에는 가장 짧은 1년 만에 열다섯 번째 시집『내가 나에게』를 출간하여 주위를 놀라게 한다.

최근 부쩍 활발해진 시작활동은 아마 평생의 직장이었던 신문사에서 퇴임한 이후가 아닐까 짐작된다. 다시 말하자면, 인간 이태수의 삶이 시인 이태수의 삶으로 바뀌어, 완벽한 전업시인이 되고, 그의 일상은 시가 삶에 선행하는 경지에 이르렀다는 뜻이다. 이태수 시인은 이제 온몸이 시라서, 우리시대 가장 행복한 시인의 한 사람이 된 것이다.

시력 45년이란 연치는 결코 예사로운 것이 아니다. 그런데도 그의 시는 21세기로 넘어오며 아날로그시대와 디지털시대를 거쳐 4차 산업혁명시대를 눈앞에 두고 있는 현 시점에도 크게 변화를 겪지 않은 듯하다. 눈을 안으로 돌려 말하면, "1970년대 유신의 시기를 거쳐 8,90년대 초까지의 민중의 시대와 문민정부 시대, 그리고 세기말의 IMF를 겪으면서 21세기에 이르기까지 격동했던 시대를 살아온 것이 시인 이태수가 시작詩作을 한 34년의 기간이다. 이 기간 동안 대자적對自的인 사회적 관심보다는 즉자적卽自的인 내면의 세계에 주로 관심을 가졌다는 것은 그것대로 소중하다."(김선학, 『회화나무 그늘』해설, 141쪽)는 평가가 이미 10년 전에 나왔다.

그는 등단 초기부터 지금까지 한결같이 서정을 끌어안고 초월을 꿈꾸고 있다. 시인 스스로도 "삶은 더 나은 세계를 향한 꿈꾸기이며, 시는 그 기록들"(제14시집 『거울이 나를 본다』의 '시인의 말')이라고 말하고 있다. 이 한결같은 걸음은 급변하는 세상에서는 눈길을 끌기 어렵지만 그는 상관하지 않고, 현실에 부대끼면서도 변하지 않는 순수한 인간정신의 불멸성을 지켜나가고 있다. 그 인간정신이란 결국 뒤틀린 현실에 발을 딛고 살면서도 초월에의 의지와 더 나은 세계에 대한 꿈꾸기를 포기할 수 없는 비극적 자기인식이다.

또한 45년간 시종일관 전통적인 서정시의 영역에서 꾸준히

자기 세계를 구축해온 이태수 시인의 시를 읽다 보면 자연스럽게 그가 가장 즐겨 쓰는 시어 중에는 '꿈' 또는 '꿈꾸기'가 있다는 걸 느끼게 된다. 열네 번째 시집에서는 심경의 변화를 일으켜, 시집 끝에 〈나의 시 쓰기〉란 산문을 처음으로 곁들여 놓았고, 그 후 최근에는 시인 스스로 여기저기서 자기 작품을 돌아보는 자리를 만들며 자기 시에 대한 변명과 옹호를 적극적으로 해오고 있다. 일종의 시운동인 셈인데, 꿈 없는 팍팍한 현실에서 꿈꾸기의 즐거움을 되찾으려는 이런 행보는 소중하다. 이제 본격적으로 그의 꿈에 다가가 보자.

Ⅱ

물과 별로 비유되는 실존적 방황과 초월적 명상은 이 시집의 뚜렷한 상징체계다. 물질의 4대 원소〔地水火風〕의 하나인 물은 많은 종교에서 정화와 치유의 근원이 되고, 어둠 속에서 빛나는 별은 믿음과 영혼 그리고 희망의 상징으로 생각되어져 왔다. 물은 막아서면 양보하고 멀리 돌아가지만, 최후에는 단단한 바위도 마멸시키는 힘을 가진다. 기독교에서는 정화요, 이슬람교에서는 창조요, 도교에서는 무위無爲의 원리를 표상한다. 물론 이외에도 물의 상징성은 대단히 넓어 특히 문학에서는 끊임없이 확대 재창조되기도 한다.

한편 고대로부터 별은 변화하는 인간계와는 달리 해와 달과 함께 밤하늘을 수놓은 변화하지 않는 법칙으로 이해되어 왔다. 그리고 신, 영원함, 운명, 지혜, 영적인 길잡이, 천사 등 참으로 많은 상징을 내포하고 있다. 전 세계의 모든 신화에서 별은 이처럼 중요한 역할을 하고 있으며, 별의 형태에 따라 문화권별로 다양한 상징을 띠기도 한다. 그렇다면 이 시집 첫머리를 장식하는 물과 별은 어떤 모습으로 나타나 있을까.

> 물을 마신다
> 아래로 내려가는 물,
> 나는 물과 더불어 흘러간다
> 물은 언제나 멈추기를 싫어한다
> 개울물이 아래로 흘러가고
> 강물은 몸을 비틀면서 내려간다
> 폭포는 수직으로 일어서듯
> 줄기차게 내리꽂힌다
> 물을 들이켠다
> 안으로 스며드는 물,
> 새들이 낮게 날아 내리고
> 공중부양을 하던 뜬구름 몇 점이
> 제 무게 탓으로 떨어진다
> 가늘던 빗줄기가 점점 굵어지며
> 빗금으로 뛰어내린다
> 빗줄기를 바라보는
> 내가 내린다
> ──「물, 또는 내려가기」 전문

별들을 바라봅니다

날이 저물어 어두워지면

나는 어둠 속에서 꿈꿉니다

밤하늘의 먼 별들을 끌어당기며

거기까지 올라가 보려 꿈을 꿉니다

별들이 반짝이며 눈짓을 합니다

아무리 안간힘을 다해 봐도

마음만 혼자 올라갑니다

별들이 내려다봅니다

마치 동화 속 아이 같이

별빛 따라 사닥다리를 놓고

어둠을 헤치면서 오르려 합니다

눈을 감고서야 거기에 다다릅니다

하지만 눈뜨면 떨어질 것 같아

밤 이슥토록 눈을 감은 채

올라가려는 꿈을 꿉니다

별을 끌어안습니다

　　　　─「별, 또는 올라가기」 전문

　'물'의 속성은 '내려가기'다. 그러므로 이 시에서 '물'의 술어들
은 모두 흘러가고, 내려가고, 내리꽂힌다. '새'와 '뜬구름' 그리고
'빗줄기'조차도 하강의 이미지에 동참하여 날아 내리고, 떨어지
고, 뛰어내린다. 이러한 하강 이미지는 철학적으로는 상선약수

118

上善若水의 자세다. 첫 행이 "물을 마신다"이고, 가운데 행이 "물을 들이켠다"로 서정적 자아의 행동이 되풀이되고, 마지막 행이 "내가 내린다"로 마무리된다. 처음에는 일상적인 행위로 물을 마시지만, 계속 "안으로 스며드는 물"로 인해 마침내 온몸이 물이 된 화자가 최종적으로 "내가 내린다"고 진술한다. 한없이 낮은 데로 흘러내리기를 꿈꾼다는 것은 시인이 지향하는 시정신일 수밖에 없다. '내려가기의 꿈'은 비극적 삶을 뛰어넘어 순결하고 명징한 세계에 가 닿으려는 아름다운 꿈이다. 이러한 물의 하강 이미지는 왜소하기 그지없는 '나'와 자연스럽게 연결되고 있는데, 이 같은 발상은 두 번째 시 '별'(초월)을 향한 꿈의 좌절에 기인한 반작용이기도 하다.

물과 별에 대한 대칭적 인식에서, '내려가기'는 이루어지지만 '올라가기'는 거의 좌절로 끝난다. 물과 달리 별은 "날이 저물어 어두워지면" 비로소 나타나는 존재이고, "아무리 안간힘을 다해 봐도 / 마음만 혼자 올라가"는 한계를 보인다. 그래서 화자는 "눈을 감고서야" 비로소 "별빛 따라 사닥다리를 놓고" 별까지 "올라가 보려 꿈을 꿉니다"라고 속마음을 털어놓는다. "눈뜨면 떨어질 것 같아"서라고 실토할 수밖에 없고, "마음만 혼자 올라"간다고 낙담할 수밖에 없다. 이처럼 화자를 포함한 우리는 모두 나약한 존재임을 자각하는 것이다.

실존적 방황과 초월적 명상은 삶의 근원적 슬픔에서 촉발된 것이다. 시인의 꿈꾸기는 죽는 날까지 계속되는 존재의 의지이다. 그 끈이 끊어지면 삶의 의미도 사라진다. 그리하여 이데아를 찾아나서는 꿈꾸기는 이제 그에게는 숙명이 되어버렸다. "몇 겹 벽으로 둘러싸여서 그런지 / 건너지 못할 강 저편에 있어서 인지"(「목마름」) 뻔히 알면서도 늘 목마름을 느낀다. "꿈속에서도 그 바깥에서도 / 만나자 말자 헤어져야 하는 / 그런 사이"인 "그 와 나 사이"(「그와 나 사이」)에서도 '그'는 신과 나 사이에 존재하는 이데아다. 그리고 시인에게 이것은 역설적이지만은 시마詩魔에 빠져 사는 행복한 경지이기도 하다. 하지만 현실은 몸이 아니라 마음만 움직이기 때문에 재역설의 고통스럽기 짝이 없는 비극적인 상태로 되돌아갈 수밖에 없는 딜레마에 빠진다.

인용 시 두 편을 나란히 놓고 보니 젖가슴 한 쌍처럼 봉긋하여 웃음이 난다. 이 점에 대해선 '포멀리즘과 사물에 대한 대칭적 접근의 심리기제'로 뒤에 다시 접근해 보려 한다.

나무 그림자 일렁이는 우물에
작은 새가 그림자를 떨어뜨리고 간다
희미한 낮달도 얼굴 비쳐보다 간다

이제 아무도 두레박질을 하지 않는 우물을
하늘이 언제나 내려다본다
내가 들여다보면
나무 그림자와 안 보이는
새 그림자와 지워진 낮달이 나를 쳐다본다

흐르는 구름에 내 얼굴이 포개진다
옛날 두레박으로 길어 마시던 물맛이
괸 물을 흔들어 깨우기도 한다
　　　　　—「옛 우물」 전문

동서양 구분 없이 결정적인 수많은 만남들은 우물가에서 이뤄질 때가 많았다. 창세기의 이삭과 레베카부터 설화 속의 고승들도 자주 우물가에서 전지적 예언을 하고, 심지어 우리 민요 속의 앵두나무 우물가는 동네처녀를 바람나게까지 했다. 윤동주의 「자화상」에 나오는 우물은 산모퉁이를 돌아 논가 외딴 곳에 있고, 일부러 찾아가 구체적인 자기반성과 자아성찰을 하고 있지만, 이 시의 '옛 우물'은 버려진 빈 우물이라서 화자의 추억만 가득 고여 있다. 추억 없는 그리움도 없듯이 옛 우물은 화자가 간절히 그리워하는 내면적이고 본질적인 자아다. 이 시집의 제목이 왜 『내가 나에게』인지를, 그리고 '여는 시'로 왜 「옛 우물」을 배치했는지를 짐작케 하는 대목이다. 옛 우물은 내가 나에게 주는 거울이며, 내가 나를 바라보는 주체이자 동시에 객체이기도 하다.

옛 우물은 "옛날 두레박으로 길어 마시던 물맛"에 대한 그리움 때문에 지금 내가 자주 "들여다보"게 되고, 내가 들여다보는 현재시제와 두레박질하던 과거가 오버랩 되면서, 과거와 현재의 시간성이 자꾸 포개지는 의식의 혼동 상태를 야기한다. 시인의 현재의 심리상태를 이렇게 제시하며 출발하는 이번 시집에

는 그의 꿈꾸기와 초월에의 의지가 좀 더 선명해졌다. 그 열정
이 빚어낸 실존적 방황과 초월적 명상의 프리즘도 다양해지고
현란해졌다. 나무 그림자와 '작은 새'와 '희미한 낮달', 그리고 '하
늘'과 '내'가 들여다보는 우물은 그동안 아무도 관심을 두지 않은
채 방치되었지만, 이제는 '내가 들여다보'기 때문에 '재생'의 공간
이다. 추억속의 "물맛이 괸 물을 흔들어 깨우기" 때문에 물은 재
생의 상징으로 우뚝 올라선 것이다. 이러한 적극성을 띠게 된
것은 결국 완만하지만 새로운 변화의 조짐으로 읽힌다.

눈이 내리고 눈송이들과는 달리
두 발이 공중에 뜬다
함께 떠오르는 내 꿈에
샤갈과 슈베르트의 꿈이 포개진다

몇 해 전 모스크바에서도 그랬다
'참새언덕*'의 자작나무에 기대서서
눈을 맞으며 하늘을 바라보니
샤갈의 꿈이 눈발 사이로 어른거렸다
그 꿈을 끌어안으며
내 꿈을 그 속에 다져넣고 있는 동안
슈베르트의 〈겨울 나그네〉 중
'보리수' 몇 소절이 함께 어우러져
아득한 하늘로 나를 들어올렸다

내리는 눈송이들 사이로 천사들과

바이올린이 날아다닌다

내 꿈도 날개를 단 듯

이 덧없는 떠돎마저 포근해진다

　　　　　　—「눈이 내릴 때」전문

　"그의 시를 읽고 있으면, 러시아문학 속의 등장인물들의 고뇌에 찬 깊은 눈길이 느껴진다. 늘 그렇듯 이태수의 시를 따라가다 보면 문득문득 문청시절 빠져들었던 러시아문학의 주인공들의 목소리가 들려온다. 내 취향은 도스토예프스키 쪽인데, 그는 톨스토이나 투르게네프에 가깝다.『죄와 벌』의 주인공 라스꼴리니코프가 상트페테르부르크의 뒷골목을 찌푸린 얼굴로 걸어가며 우울한 목소리로 중얼거리는 소리가 내 귓가에 맴돌기를 바라지만, 대학에서 철학을 전공한 그는 또 톨스토이보다 페테르부르크대학 철학과를 졸업한 투르게네프 쪽에 더 가깝다. 갈수록 그의 시는 페테르부르크의 그 유명한 네바 강의 황혼을 바라보는 러시아 근대 문학가의 눈길을 닮아가는 듯 그윽한 명상과 사색의 색조가 짙어져가고 있다."(《사람의문학》, 2018 겨울호)고 이미 밝힌 바 있는데, 이 느낌은 이 시에 더 잘 어울릴 것 같아 재인용한다.

　'꿈'이란 시어가 한 작품에 무려 여섯 번이나 나오는 이 시는 가장 이태수다운 작품이다. 나와 샤갈과 슈베르트의 꿈이 한데 엉겨 펑펑 내리는 눈송이와 함께 비의적秘義的인 분위기를 연출

하고 있다. 다시 읽어보자. 샤갈의 꿈에 시인의 꿈을 다져넣고 있는 모스크바 참새언덕 자작나무 숲에 눈이 내린다. 내리는 눈송이와 달리 시인은 두 발이 공중으로 붕 떠오른다. 그 하강과 상승의 빈 공간에 슈베르트의 '보리수'가 배경음악으로 가득 차오른다. "천사들과 바이올린이 날아다니"는 눈 내리는 숲은 포근하고, 샤갈의 그림처럼 몽환적이다. 그런데도 서정적 자아는 "몇 해 전 모스크바에서"처럼, 눈이 귀한 한반도의 남쪽 대구에서 지금 펑펑 내리는 눈송이를 보며 기시감과 미시감 사이에서 "덧없는 떠돎"에 빠져 있다. 이 그윽한 명상으로 인해 그의 목소리는 들뜨지 않고, 한없이 포근한 감정에 휩싸여 있다. 여러 시집을 관통해오고 있는 '꿈꾸기'와 '초월적 명상'이 이처럼 구체성을 띠는 경우도 드물다. 시인 이태수의 여러 특징이 잘 나타난 수작이 아닐 수 없다.

까치들이 무리지어 운다
누구를 반기는지, 무엇을 경계하는지,

때마침 저녁놀보다도 느릿느릿
저만큼서 누군가가 다가온다
하지만 가까이 오지는 않고
다가올 때처럼 손을 흔들며 멀어진다
나는 어렴풋이 그를 느낀다
알 듯하고 모를 듯도 하지만

내가 기다리던 나였던 것 같다

경계하거나 반길 필요가 없다는 듯
까치들이 무리지어 난다
　　　　　—「다시 부재不在」부분

'부재'라는 관념어는 이태수 시의 키워드 중 하나다. 부재의식
과 철학적 실존의 문제로 나아가야겠지만, 이 글에서는 시를 중
심에 두어야겠다. 작년 시집에 「부재不在」가 실려 있기 때문에
'다시'를 붙여 제목을 단 것 같다. "나무 그늘에 우두커니 앉아서
/ 내가 나를 들여다본다 / 들여다보면 볼수록 자꾸만 작아진다"
는 걸 깨닫는 서정적 자아를 둘러싼 주위환경은 나와 상관없이
움직이고, 지나가고, 사라진다. '부재'가 아니라, 그냥 흘러가는
자연현상으로도 볼 수 있다. 속편 격인 이 시는 더욱 구체적인
장면을 제시한다. 날이 저물고 하늘엔 하나 둘씩 별이 뜨는 일
몰의 시각이다. 대낮보다 사물을 더 섬세하게 인식할 수 있는
박명에 '그'가 찾아온다. 하지만 만나주지는 않고, 알 듯 모를 듯
다시 멀어진다. 이태수의 시가 그토록 가 닿고 싶어 하는 바로
'그'다. 늘 꿈꾸어오던 '그'는 신과 인간의 중간지점에 자리 잡으
면서도 초월에 다다른 존재이다. "내가 기다리던 나"는 '부재'의
상태이기 때문에 비극적이며 철학적이다.
　헬레니즘 철학에서 에피쿠로스 학파의 아타락시아(ataraxia)나
불교의 8정도 중 '정념正念'에 대한 개념도 감정적, 정신적 동요

나 혼란이 없는 평정심의 상태 또는 생각의 중심을 미련이나 탐욕으로 인해 과거나 미래에 빼앗기지 말고, 욕심을 버리고 지금 이 순간의 삶에 집중하라는 의미를 갖고 있다. 결국 그 자체에 대한 몰입은 과거의 흔적이 현재를 오염시키거나 미래의 불안이 현재를 제어하지 못하도록 '현재'에 대한 무한한 의미를 회복하라는 것이다. 불교에서 말하는 잡념을 버리고 마음을 무아無我로 만드는 것도 의식을 멈추는 것이 아니라 현재 진행 중인 것에 의식을 집중하라는 의미이다. 이는 결국 '나를 들여다보기'가 지향해야 할 지점이다. '나를 들려다보기'란 곧 '내 마음 들여다보기'이니, 아타락시아 또는 정념正念의 상태를 꿈꾸며, 그곳에 물이 고이고 별이 떠오르도록 기다려야 한다. "내가 나를 부르는 소리"에 집중하다 보면, 그 끝에 이런 무심의 경지가 있다.

설익은 시 한 편 쓰고
연거푸 술잔을 기울인다

밤이 이슥하도록
그는 술잔을 비우게 한다

시를 더 다듬으려 애써도
거기가 거기일 뿐,

안 들리고 안 보이게 그는

지레 읊고 가버린 걸까

  —「그의 묵음默吟」 전문

시마에 빠져 사는 게 시인에게는 가장 행복한 시간이리라.
"마음을 닫으려 해도 열리거나 / 열려 해도 닫혀버리기"(『유리문』)
에, 그 고통스러움을 극복한 아타락시아 또는 정념의 상태에서
마음의 결을 빚어내는 천의무봉의 장인정신이 이토록 아름답
다. 상선약수의 겸허함과 천의무봉의 꿈꾸기는 기실 시인이 갖
추어야 할 덕목이며 이상이지 않던가. 두보보다는 이태백에 가
까운 시인 이태수의 소탈한 진면목을 보게 되어 행복하다. 또한
이런 '묵음'의 경지가 부럽기 짝이 없다.

Ⅲ

시집 4부의 시들이 무척 흥미롭게 다가와 미리 당겨서 언급한
다. 이태수 시인은 슬럼프를 모르는 근면성과 아직도 술과 담배
가 별로 줄지 않은 타고난 통뼈체력을 지녔고, 늘 단정한 정장차
림의 기품 있는 신사다. 그런 그의 내면에 이런 인간적인 자기
연민의 고통과 불안과 우울이 웅크린 속내를 감추고 있었을 줄
이야. 질펀하게 펼쳐진 4부의 시들 중에서도 단연 눈길을 끄는
것은 가수 배호에 대한 두 편의 시다.

방황하던 십대 후반이었지요.

드럼 치며 노래하는 당신께 단번에 빠졌어요.

내가 부랑아 같아서 그랬는지 몰라요.
'황금의 눈'이 마음을 앗아 버렸던 거지요.
얼마 뒤 그 이전의 노래 '굿바이'를
따라 부르며 처절하게 헤매기도 했어요.
도무지 앞날이 안 보여서 그랬을 거예요. (1연)

대학에 진학할 수 없어 한 해 동안
아르바이트로 전전하며 신경쇠약에다 불면증,
가슴에는 궂은비만 내리던 시절이었지요.
천신만고, 우여곡절 끝에 고학하게 됐지만
당신 노래와 실존철학 언저리를 맴돌았어요.
당신은 투병하면서 절정의 스타가 되고
쓰러지면서도 노래에만 열정을 바쳤지요. (4연)

육군 소위 시절 당신 떠났다는 소식 듣고
밤 이슥토록 술이 나를 마실 때까지
'영시의 이별', '안개 속으로 가버린 사람',
'안녕'을 부르고 또 불렀지요.
대중가요는 좋아하지 않는데 왜 그렇게도
당신 노래에만 끌려 다녔는지 모르겠어요.
지금까지 왜 그런지 알다가도 모르겠어요. (6연)
　　　　　—「배호와 나」부분

일생을 관통해온 배호에 대한 관심은 '선택된 몰입과 선택되지 않은 망각'의 원리에 따른 것이며, "몰입은 잡다한 생각이나 잡념으로부터 탈출이며 그런 의미에서 중용이다."(임희택, 『망각의 즐거움』, 272쪽) 이 말은 완전한 무지도 너무 많은 생각도 아닌 어느 하나에 집중함으로써 얻는 알맞은 즐거움이며 행복이라는 뜻이다. "대중가요는 좋아하지 않는데 왜 그렇게도 / 당신 노래에만 끌려 다녔는지 모르겠어요."라는 화자의 실토는 심리학적으로 '선택적 주의집중의 원리'에 해당한다. 추억이란 실제 있었던 것의 재현이 아니라 있었다고 믿어지는 기억, 즉 각색된 이야기들이다.

이 시는 그의 시로서는 장시다. 전 7연에 각 연 또한 모두 7행으로 의도적인 통일성을 보이는 이유가 '7'이란 숫자 때문인지는 의문이지만, 내용면에서는 또 이태수 시인의 서사시다. 가정사와 연보가 이렇게 술술 나오는 걸 보니, 이제 이태수 시인도 늙어가는 모양이다. 이는 육체적 현상을 지적하는 말이 아니라, 전술한 바와 같이 그의 마음이 긴장을 풀고 편안히 물처럼 흘러가는 대로 놓아두었다는 뜻이다. 그 결과 십대 후반부터 배호에 빠져 평생 그의 팬으로 살아왔다는 걸 처음 알게 되었다. 그는 왜 배호에 이토록 몰입해 왔을까. 이 시에 대부분의 정보가 다 들어있는 것 같다. 먼저 가수 배호와 시인 이태수는 닮은 점이 꽤나 많다. 불과 다섯 살밖에 차이 나지 않는 동년배로서 공감대가 컸고, 두 살 차이(중1과 초등5)로 어린 나이에 아버지의 부재를 겪으며 가정이 크게 흔들렸다. 젊은 나이에 지병(신장염과 신경쇠약중)을 앓았고, 자기 분야에서 그야말로 옆도 돌아보지 않는 성실함을 보였다.

음치인 필자로서는 대중가요에 별 관심이 없다. 이번 기회에 인터넷 검색을 해보고 깜짝 놀랐다. 블로그에는 배호 노래 모음, 무료 듣기, 연속 듣기, 원곡 듣기, 모두 들어보기 등, 그리고 카페에는 불멸의 가수 배호와 함께하는 세상(배호 팬카페), 배호 노트, 배호 단상, 전국배호협회 등, 그리고 전국배호모창대회, 배호가요제, 수많은 배호노래비 등의 정보가 팝콘처럼 쏟아져 나왔다. 그야말로 배호는 불멸의 가수로 여전히 살아 있었고, 사후 40여 년이나 지난 지금에도 수많은 팬 사이트와 카페가 개설되어 그 회원 수가 수만 명에 달하고 있으며, 그의 음악성에 대한 재평가와 연구도 식을 줄 모르고 있다. 배호가 불멸의 가수인 이유가 뭘까. 가수로 절정의 기량을 보이다 29세로 아깝게 요절했다는 점이 가장 클 것 같고, 거기다 가수로서의 그의 목소리가 병색이 짙어갈수록 신비롭고 호소력 짙은 음색으로 변해갔다는 안타까움일 것이다. 그러나 무엇보다 영혼을 울리는 불세출의 가객으로 대중의 가슴에 남아 있는 가장 큰 이유는 1960년대 중반 보릿고개 시절에 한이 서린 그의 묵직한 보이스 컬러가 암울한 시대적 정서를 대변하며 팬들의 가슴에 지워지지 않는 낙인을 찍듯 강력하게 남아있기 때문이리라. 투병 중의 배호의 목소리를 흉내 내기 위해 몸살이 나기를 기다렸다가 음반을 녹음하는 가수도 더러 있었다고 하니 당시의 신드롬을 알만하다.

"당신 노래와 실존철학 언저리를 맴돌았"다고 젊은 날의 방황과 우울을 고백하는 시인은 놀랍게도 "단 한 곡도 빠뜨리지 않고 따라 하다 보니 / 내 목소리도 병색이 짙어지는 것 같더군요."라고 한다. 배호의 열혈 팬답다. 팬보다 더 강하게 몰입하는 사람을 요즘은 '덕후'라 한다. 한 분야에 깊게 심취한 사람이라는 뜻인데, 이태수 시인이 '배호 덕후'가 된 것은 일종의 자기연민의 심리기제가 작용한 것 같다. 청소년기의 실존적 방황을 배호라는 가수에 투사하여 승화시킨 경우로, 그의 시작활동에 커다란 순기능을 했을 것이다. 「배호 생각」도 놀랍다. 어미나 조사 하나 덧대지 않고 어떻게 한 가수의 노랫말만으로 한 편의 시가 쓰일 수 있을까. 정말 덕후답다.

저녁 숲길을 걷다가 불현듯
반세기도 훨씬 넘은 세월 저편에서
걸어오는 내가 앞을 가로막는다
불면증과 신경쇠약에 시달려 퀭한 눈,
세상살이 견디기 힘들어 몇 번이나
스스로 목숨 버리려 하던 그 모습 그대로다
아마도 여태 어디 숨어 있다가
나타난 것 같지만, 떠밀어내고 싶다
하지만 왜 반갑기도 한 건지……

나는 그때의 그 나와 더불어
마을이 멀리 보이는 길로 접어든다

오래된 아픔들이 그때 그대로다
낙망과 비관이 조금도 바뀌지 않았다
그때 그 내가 나직하게 말을 건다
절망을 절망하려고 하던 절망이 약이었다고,
죽을 둥 살 둥 몸부림쳤으므로
살아남게 된 거라고 귀띔을 한다
가까워지는 마을의 불빛들⋯⋯

이윽고 집 가까이 다다른다
그 옛날의 나는 어디론가 가버려도
빛바래고 희미한 주마등이 하나
우리 집 창가에 매달려 흔들리고 있다
죽기로 안 죽으려 하던 안간힘과
온갖 우여곡절들이 불빛 따라 일렁거린다
지난날은 미화되게 마련이라지만
나는 왜 그다지 지우려고만 했는지,
그 시절이 새삼 쓰라려온다
　　　　　—「어느 저녁, 불현듯」 전문

　서정시들이 주로 서정적 자아의 고백 형식으로 이루어지고,
이 고백은 당연히 지나온 삶에 대한 기억을 기반으로 이루어진
다. 기억과 추억들은 망각의 지층에서 싹이 돋아 현재에 꽃핀
것들이다. 화자의 "오래된 아픔"을 "반세기도 훨씬 넘은 세월 저

편에서 / 걸어" 나오게 한 것은 심리학자 융의 말로 표현하자면 콤플렉스 때문이다. 콤플렉스는 "무의식 속의 감정, 생각, 기억의 연합군"(C.S. 홀/V.J. 노드비,『융 심리학의 이해』, 87쪽)이다. 어떤 사람이 콤플렉스를 가지고 있다는 것은 그가 무엇인가에 몹시 몰두해 있어 다른 것은 도저히 생각할 수 없다는 뜻이다. 그러므로 콤플렉스는 예술의 큰 업적을 위한 중요한 영감과 충동의 근원이 된다.

시인 이태수의 콤플렉스를 이 글에서 세밀하게 들여다볼 수는 없지만, 일단 이 작품을 찬찬히 들여다보자. "저녁 숲길을 걷다가 불현듯" 덧나는 상처 같은 "오래된 아픔"을 불쑥 만난다. "불면증과 신경쇠약에 시달려" "스스로 목숨 버리려 하던" "퀭한 눈"의 20대 초반의 청년이 저녁 산책길에 내 앞을 가로막은 것이다. 얼마나 놀랐겠는가. 망각의 지층을 뚫고 불쑥 돋아난 기억이다. 저녁 산책을 나오기 전에 그는 아마도 시를 쓰고 있었을지도 모른다. 그리고 그 시는 오래 매만졌지만 여전히 흡족하지 않았을 것이다. 그 시는 산책길까지 따라 나와 시인의 미간을 모으게 하고, 기분을 가라앉게 했을 것이다. 상처에 소금을 뿌린 듯 반세기 전의 나와 "낙망과 비관"을 안고 나란히 손잡고 걷는 고통스런 산책길이 되어 버렸다. "떠밀어내고 싶다 / 하지만 왜 반갑기도 한 건지", "낙망과 비관이 조금도 바뀌지 않았다" 같은 혼란을 겪으며 심리적 안정을 찾지 못하기 때문에, "절망을 절망하려고 하던 절망이 약이다", "죽기로 안 죽으려 하던 안간힘" 같은 다소 난해한 구절이 끼어들게 된 원인이 되기도 한다. 그러나 중요한 것은 '불빛'이다. 어둠 속에 따뜻하게 빛나는 "마을의 불빛"이다. 위안이자 구원의 상징성을 띠며, 집 가까이 다다르면 "우리 집 창가에 매달려 흔들리고 있"는 불빛으로 인해 마음을 가라앉히고 어느 정도 안정을 되찾는다. 프로이트의 방어기제로 보면, 이태수에게서 시는 '전위(displacement)'인 동시에 '승화(sublimation)'의 방어기제인 것이다. 추억이 없으면 그리움도 없다.

　　내 구두는 균형이 깨지곤 합니다
　　오른쪽의 뒤축은 오른쪽이 더 닳고
　　왼쪽의 뒤축은 왼쪽이 더 닳습니다

　　그러나 구두 탓은 아닙니다
　　순전히 내 탓입니다
　　살짝 팔자걸음이라서
　　오른발은 우편향이고
　　왼발은 좌편향이어서
　　그렇게 되고 맙니다
　　그러려고 그런 건 아닙니다
　　　　　　　　　—「구두」부분

　　살아가면서 "온몸으로 균형을 유지"하고, "마음으로 중심을 잡고 있"다고 믿었는데, "구두를 벗어 들여다보며" 한쪽으로 더 닳은 모습을 발견하고는 민망해하고 있다. 그리고는 이내 "구두는 염치를 가르쳐주는 / 자성의 거울"이었다는 걸 배운다. 쉬운 말로 감동을 주는 생활시다. 시인이 일상의 삶에서 감동을 얻듯이 독자들도 시인의 시를 통해 공감과 깨달음을 얻을 수 있는 시다. 하지만 이런 훈훈한 내용 속에서도 팔자걸음인 "순전히 내 탓입니다"라고 자책하는 걸 잊지 않고 있다. 역시 자기연민의 정서에서 우려낸 시라고 봐야겠다. 다행히 이제는 자신에 대한 연민이 세월에 많이 풍화되고 순화되어 쓰라린 고통으로는 느껴지지 않는다. 이태수 시인의 시에서 '자기연민 또는 불안과 우울'은 여전히 현재진행형이며, 더욱 진화해나갈 것이다.

Ⅳ

　지난해 나온 『거울이 나를 본다』에서부터 조금씩 눈에 띄기 시작하던 일상생활이나 정치사회적 시대상황에 눈길을 주던 시가 이번 시집에 부쩍 늘어났다. 이런 시를 '생활시' 또는 '세태풍자시'로 이름붙이거나, 이런 시가 많아지면 두 개념을 통칭하여 그냥 '풍자시'로 묶어 불러도 좋을 것 같다. 풍자시를 사전적으로는 "사회나 인생의 모순되고 불합리한 점을 날카롭게 폭로하고 비웃는 내용의 시"라고 정의하고 있다. 우리시대에도 풍자 대상에 대해 비웃음, 조롱, 익살스러운 모방, 반어 등을 이용해 희화화해 대중의 공감을 이끌어내는 풍자시가 많다. 하지만 인터넷에 떠도는 생활시나 세태풍자시는 거의 대부분 아마추어리즘을 벗어나지 못하고 있고, 당연히 작품의 수준도 매우 저급하다. 우리 시단에서도 어쩌다 한두 편 발표되기는 하지만, 또 김

삿갓 같은 좋은 풍자시인을 가졌음에도 불구하고, 본격적으로
'풍자시인'으로 불릴 사람은 아직 없다. 이태수의 시에서 그 가
능성을 찾아보자.

누웠다가 앉았다가 섰다가 밤낮없이
침실과 거실을 오락가락합니다

벌써 며칠째 집에만 박여있습니다
아무래도 세상이 거꾸로 가는 것 같아
그렇게는 가고 싶지 않기 때문입니다

그러나 작아지기만 할 뿐 속절없어
자다가 깨다가 꿈꾸다 말다가 합니다
눈을 떠도 감아도 헛도는 듯합니다

아침엔 조금만, 점심은 제대로 먹어도
밤이면 혼술*이 술을 마시기도 합니다
줄담배 버릇도 고치지 못했습니다

하지만 다시 마음 다잡습니다
내키지 않는 길은 가지 않겠습니다
　　　　　　　—「칩거蟄居 며칠」 전문

시인의 근황은 "아무래도 세상이 거꾸로 가는 것 같아" 혼자라도 "다시 마음 다잡기" 위해 "누웠다가 앉았다가 섰다가", "자다가 깨다가 꿈꾸다 말다가" 하며 며칠째 칩거 중이다. 그 이유가 "아무래도 세상이 거꾸로 가는 것 같아 / 그렇게는 가고 싶지 않기 때문"에, "눈을 떠도 감아도 헛도는" 세상을 버티는 방법이 겨우 "내키지 않는 길은 가지 않겠"다는 스스로의 다짐뿐이다. 이 소극적인 저항이 결국 점심 한 끼만 제대로 먹고, 혼술과 줄담배로 버틸 수밖에 없도록 만들었다. 세상은 미쳐 있고, 희망도 보이지 않는 참담한 상태라는 뜻이 된다. 언젠가 임계점에 다다라 화산처럼 폭발하거나 용암처럼 흘러내리면 저항시로 변해나가겠지만 아직은 칩거할 뿐이다. 시인의 행동은 시니까 우리는 지켜볼 수밖에 없다.

> 낙향한 저 윗대 할아버지는
> 배꽃 위에 달빛 희게 내리고
> 두견새 슬피 우는 한밤중에 홀로
> 나라 걱정, 임금 걱정 '일지춘심'으로
> 잠을 이루지 못했다더군요
> 또 한분 윗대 할아버지는
> 까마귀가 검다고 비웃는 백로를 향해
> 겉 희고 속은 검다고 질타했지요
> 요즘은 두 할아버지 심경이
> 새삼 가슴 치는 세상입니다
> —「다시 세상 타령 1」 전문

이조년의 '다정가'와 이직의 '까마귀 검다 하고'는 국민 애송시다. 그러므로 별다른 설명 없이 풀어놓아도 독자들은 다 알 것이라는 '윗대 할아버지' 두 분에 대한 자긍심이 가득하다. 조선 세종 때 청백리였던 「까마귀 검다 하고」의 이직은 고려말 「다정가」로 유명한 충신 이조년의 증손자다. 이태수 시인은 성주이씨로서 자랑스런 두 선조의 시조를 풀어놓고, 요즘 세상 돌아가는 모습에 비분강개하며 '새삼 가슴 치'고 있다.

뒤따르는 연작시도 "내 탓을 네 탓으로 뒤집고 / 반대로 네 탓을 내 탓으로 뒤집는 / 세상은 연옥 같습니다"(「다시 세상 타령 2」)라며 괴로워하고 있다. 더 노골적인 일종의 정치시 또는 세태풍자시다. '적폐청산', '내로남불' 같은 시사용어(?)를 떠올리게 되는 시들이다. 이러한 세태를 풍자하는 시들은 자칫 너무 풀려버리면 시적 긴장감의 결여로 떨어질 수 있는 위험도 느껴진다. 하지만 연륜이 높은 시인의 세상을 향한 일갈 또한 시인의 사명 중의 하나다. 시인은 모름지기 세상의 가장 예민한 안테나가 되어야 하기 때문이다.

대프리카로 불리는 한여름의 대구,
지기들과 대구탕 먹으러 갔다
탕 그릇이 이 도시 같고
우리는 그 안의 대구 같다
고 누가 말했다

또 누가 말했다

우리가 대구탕 그릇 속에서

쩔쩔매는 꼴이란 말이군

아무리 그래도 그렇지 우리가

대구 같다니 비약이 심한 거 아뇨

다른 한 사람도 끼어들었다

자자, 대구탕들 드세나

이열치열이 대프리카서는 제격이잖소

고춧가루 듬뿍 치시지

다들 대구 사람답게 말이요
　　　　　—「대프리카* 별곡」 전문
　　* 대구와 아프리카 합성어

　이 시는 세태풍자시라기보다 일상생활 속에서 길어 올린 '생
활시'라고 명명하고 싶지만, 이 또한 완곡한 풍자로 볼 수 있다.
심각하지 않은 이런 유머러스한 시들을 많이 써 웃을 일이 별로
없는 팍팍한 세상을 살아가는 이웃들에게 잠시나마 스트레스
해소와 마음의 정화까지 이루어지게 되기를 기대해본다. 이태
수 시인의 시가 나아갈 한 방향을 이렇게 성공적으로 제시하고
있다. 참 기분이 좋아지는 작품이다.

V

이태수 시인의 시를 두고 '포멀리즘(formalism)'을 언급하지 않을 수 없다. 하지만 형식주의라 번역해서 말하면 문학에서는 1920년대의 러시아형식주의(Russian formalism)를 지칭하고, 오늘날엔 문학보다 미술, 특히 영화나 무대예술, 사진 등의 분야에서 1960년대부터 일반화시켜 '포멀리즘'이란 용어를 더 많이 써 오고 있다. 러시아형식주의는 서구 쪽에서는 별 호응을 받지 못하고, 러시아에서도 1930년대까지만 맹위를 떨치다 영미의 신비평과 구조주의 등으로 심화 발전해 나간 문예운동이었다. 이 사조의 가장 큰 특징은 문학은 언어와 문자에 의한 예술이므로 표현에 있어서 무엇보다 '낯설게 하기'가 요구된다는 주장과 예술은 삶의 경험에 대한 우리의 감각을 새롭게 하는 것으로써 습관적인 것에 대립하는 언어를 사용하는 일이 바람직하다는 견해였다. 특히 시 분야에서 우리나라에 큰 영향을 끼치며, 일반 언어와 문학언어를 구별해 보기를 주장해왔다. 시의 효과는 언어를 비스듬(oblique)하고, 어렵고(difficult), 끝이 뾰족하고(attenuated), 비틀린 것(torturous)으로 만드는데 있다는 것이다.

그런데도 포멀리즘을 언급하는 이유는 저번 시집의 〈나의 시 쓰기〉와 이번 시집의 〈시인의 말〉 때문이다. 시인이 직접 언급한 "구문의 형식은 음악에서 따오거나 대칭구조 등 회화(시각)적 효과를 예외 없이 끌어들이려고" 힘썼다는 점을 밝히고 있다. 그러므로 이태수 시의 한 특징인 '포멀리즘과 사물에 대한 대칭적 접근'에 주목하지 않을 수 없다. 「팽나무 있는 풍경」, 「노태웅의 기차역」, 「튤립 한 송이」, 「별 하나」, 「달맞이꽃」, 「그 사람의 별」, 「그 사람의 뒷모습」 등에서, 아니 시집 속 대부분의 시에서 포멀리즘이 느껴진다. 왜 시인은 요즘 시에서는 잘 보이지 않는 이런 시각적 형태미에 이토록 집착할까. 거칠게 짚어보면 다음의 세 가지 경우가 떠오른다.

첫째는 순수하고 장난기 많은 아이 같은 시인의 마음이 빚어낸 시심일 것이다. 일종의 '시놀이' 또는 '시짓기놀이'인 셈인데, 아이들이 장난감을 가지고 놀듯이 시인은 자나 깨나 시를 가지고 논다는 뜻이다. 그 효과는 오늘날 청소년교육에서 시 쓰기의 문학치료적 효과가 각광을 받고 있는 경우와 같을 것이다. 놀다 보면 자신의 내면을 들여다보며 고통과 상처를 치유 받고 잃어버린 동심을 되찾아 스스로 자신을 치유하고, 아이처럼 즐기다 보면 더 높은 성취감을 얻을 수 있기 때문이다.

둘째는 다작이 몸에 밴 프로의식이 빚어낸 시작 습관일 것이다. 직업적인 전업시인 또는 중세 이전의 음유시인들이 보여주는 직업의식과도 연결될 것 같다. 그는 〈나의 시 쓰기〉(『거울이 나를 본다』 125쪽)에서 구체적으로 표현 기법을 이미 밝힌 바 있다. "실내악이나 교향악처럼 처음과 끝이 같은 'A-B-A' 형식"과 "맥락의 회화적(시각적) 효과를 얻기 위해 시의 행과 연의 앞뒤 흐름이 대칭 구조를 이루도록 구성"한다고 했다. 'A-B-A' 형식도 음악적 운율보다는 작품 전체를 조감할 때 느낄 수 있는 시각적 효과에 주로 주목하고 있기 때문에, 결국은 한 항목으로 보아도 무방하겠다. 이 '시각적 효과'는 당연히 공감하고 수긍하지만,

그러나 한편으로는 "형식이 내용의 맛과 분위기를 한결 돋우어 주리라는 생각"에는 선뜻 동의하기가 망설여진다. 여러 시에서 형태미를 발견하고 웃음짓다가도 때로는 작위적이라는 느낌이 들 때가 있었기 때문이다. 논어 옹아편에 "바탕이 문채보다 승하면 거칠고, 문채가 바탕보다 승하면 사치스럽다(質勝文則野 文勝質則史)"는 말이 나온다. 여기서 문(文)은 형식을 의미하고 질(質)은 내용을 의미한다. 내용이 형식을 잃어버리면 거칠게 되고, 형식이 내용을 담아내지 못하면 감동을 주기 어렵다는 말이다. 전체 문맥은 이 둘이 고루 어울린 후에라야 군자라 할 수 있다는 공자의 말씀이지만, 문학에서도 유용한 말이다. 형식과 내용이 균형과 조화를 이루어야 하지만, 둘 중 하나를 강조하라면 형식보다 내용에 무게 중심을 두고 싶다는 뜻이기도 하다.

셋째, 심리적 자기방어기제가 작용하고 있지는 않은가라는 의심이다. 시인은 보기보다 장난기 넘치는 개구쟁이 같은 면모를 가끔씩 드러낸다. 또 한없이 너그럽다가도 까탈스러울 정도로 깔끔함을 드러내기도 한다. 이 문제는 이미 앞에서 몇 번 언급한 시인의 내면의식을 다시 들여다봐야 하는 것이지만 시간에 쫓기고 분량에 제약당하여 줄일 수밖에 없다.

이태수 시는 자주 포멀리즘의 한 형태로 시행의 시각적 배행법을 보인다. 읽는 재미가 아니라 시각적으로 보는 재미를 노렸다고 볼 수 있다. 이미지를 중시하지만, 시각 외 청각 등 다른 감각적 이미지는 두드러지지 않고 그냥 담백하게 보여주기만 한다. 욕심 부리지 않는다는 말이다.

노태웅은 이따금
눈 내린 기차역에 머뭅니다
사람과 기차들이 움직이지 않고
정적과 침묵만 쌓여 있는 기차역입니다
그의 마음이 닿는 곳은 언제나 그러하듯
움직이는 사물들이 죄다 멈춰서 버립니다
눈도 내리기보다는 내리고 난 다음일 뿐
차가운 듯 부드럽고 평온한 공간입니다
낯익은 것들도 다 낯설게 하지만
그 낯설게 멈추어 선 시간은
새로이 따스합니다
그는 그 순간을 붙들어놓은
선택된 공간에 비사실적 환상과
심상풍경을 포개놓기 때문인 듯합니다
대상을 촘촘하게 그리는 것 같으면서도
생략과 함축, 단순성과 간결성이 강조돼
그의 내면을 그대로 드러낸다고 할까요
직선 구사와 평면화, 극단적 체도에도,
포근하고 아름다운 그의 기차역,
그 정적 속으로 나도 이따금
깃들이곤 합니다

—「노태웅의 기차역」 전문

그 사람 떠나고 나서

뒷모습이 자꾸 떠오릅니다

앞모습보다 더 자주 떠오릅니다

앞을 내다보며 앞질러 살았는데도

뒷모습이 더 아름다워 보입니다

남몰래 자신을 오롯이 바친

그 사람 걸어간 길은

남들에게 보이려 하기보다

드러내지 않으려 해서 그럴까요

안 보이듯 점점 뚜렷이 드러나서

날이 갈수록 그런 게 아닐까요

그 사람의 뒷모습이 오늘도

아름답게 떠오릅니다

　　　　―「그 사람의 뒷모습」 전문

　　이 두 편의 시는 봉긋한 젖무덤이 첫눈에도 느껴지는, 그것도 짝젖이 아닌, 옆에서 보면 조금도 처진 느낌이 없는, 예쁘고 건강한 유방이다. 「노태웅의 기차역」도 이별이나 만남의 공간이 아니라 "부드럽고 평온한", "포근하고 아름다운" 꿈속 같은 곳이다. 짐작컨대 시인은 이 시를 처음부터 이런 포멀리즘을 노리고 쓰진 않았는지 모른다. 쓰다 보니 어렴풋이 형태미가 드러나고, 그 후부터 본격적으로 각 시행에 동원되는 언어들을 깎고 다듬었을 것이다. 이처럼 시의 형태미를 살려놓은 시는 이 시집에서 자주 눈에 띈다.

나를 두고 간 그대가

와도 가까이 오진 않습니다

가까이 오라고 말하지도 못하고

그렇게 오겠다고 말하지도 않았지만

그대 향한 단심丹心은 비울 수 없습니다

남모르게 혼자서 가슴 죄게 합니다

그대 향한 마음의 문은 언제나

열어둔 채 마냥 기다립니다

늘 그대를 우러릅니다
                —「달맞이꽃」 전문

포구에 서 있는 팽나무
불콰한 황색 열매들 사이에
희미한 반쪽 낮달이 걸려 있다

고기잡이배들은 만선 꿈을 꾸는지
먼 바다 여기저기 가물거린다

팽나무 익은 열매 같은 얼굴빛의
악동들이 모여들어
깔깔대며 팽나무 열매놀이를 한다

팽팽 나는 그 열매들과는 달리
갯바위 아래 붙박인 거룻배 한 척

어느새 낮달도 제 길 가버리고
포구의 팽나무를 바라보는
나만 우두커니 서 있다
    ―「팽나무 있는 풍경」 전문

　「달맞이꽃」의 간절한 기다림과 그리움의 감정이 1연 1행의 구
조 속에서도 가지런하여 더욱 호소력이 강화되며 애틋해지게
만든다. 형식과 내용이 잘 어울리는 아름다운 시가 되었다.
　한편 「팽나무 있는 풍경」은 행 길이를 대칭으로 맞추면서도
'3-2-3-2-3' 형식을 취해 또 다른 시각적 형태미를 돋보이게 한다.
하지만 낭송해보면 운율감은 앞에서 언급한 「다시 부재不在」에
더욱 살아나 있다. 이 시는 얼른 보면 눈치 채기 어려우나 멀찍
이 떨어져서 보면 '2-7-2-7-2'의 연 구분이 커다란 파도나 음악의

선율처럼 출렁이는 리듬이 느껴진다. 낭송을 한다면 두 사람(그 것도 남녀 혼성 듀엣이라면 더욱 좋겠다.)이 2와 7로 나누어 맡고, 배경음악까지 깔아 입체적인 낭송을 하면 참 보기 좋고 듣기 좋을 것이라는 생각이 문득 든다. 시인도 이런 여러 가지를 염두에 두고 썼을 것 같다.

VI

시인으로서 휴식기 한번 가지지 않고 부단히 시를 쓰고 시집을 출간해왔다는 것은 전술한 바와 같이 그의 시가 시류에 흔들리지 않고, 언어적 실험의식이나 난해한 모더니즘으로부터도 일정한 거리를 두며, 눈치 채기 어려울 정도로 완만한 진화를 유지해왔다는 뜻이다. 이태수 시인은 초기의 실존적 방황 또는 낭만적 우울 속에서 비속한 현실을 벗어나려는 '날아오르기의 꿈'과 더 나은 세계로 나아가려는 '길 찾기'를 거쳐, 80년대 중반부터는 '내려가기의 꿈'으로 바꾸어 꾸며, 남루한 현실 어딘가에 순결하고 명징한 세계가 있을 것이라는 믿음을 키워왔다. 그리고 근래에 와선 꿈꾸는 자신을 객관화시켜 들여다보며 '뒤집어 꾸는 꿈'으로 시세계의 폭과 깊이를 넓혀가고 있다.

그는 왜 이토록 '꿈꾸기'에 몰입해 왔을까. 그의 시 쓰기는 늘 비극적 현실인식의 바탕 위에서 이루어지기 때문이다. 뒤틀려 있는 현실과 틀에 박힌 일상 속에서 늘 흔들리고 닳아간다는 강박관념에 시달리며, 이 비극적인 삶을 뛰어넘으려는 '초극의지'를 낮은 목소리로 꿈꾸듯 읊조리는 자아성찰이 이태수 시의 본질이자 특징이다. 발 딛고 있는 여기서는 이루기 어려운 세계를 꿈꾸는 그의 시는 너무나 순수하여 난해하거나 실험적이지 않다.

그러므로 그가 꾸는 꿈은 시를 낳고, 다시 시는 초월을 꿈꾼다. 어떤 빛깔로든 꿈을 꾼다는 사실은 즐거운 일이다. 신화 속의 시시포스처럼 돌을 굴려야 하더라도 그는 내일도 꿈을 꾸고, 시를 쓰게 될 것이다. 이제 그의 꿈꾸기가 고통보다 꿈꾸기의 즐거움 쪽으로 확산되고, 또한 꿈을 꾸면서 꿈이 열어주는 길 위에서 자유로워지기를 빈다.(♣)

이태수 시인

1947년 경북 의성에서 출생, 1974년《현대문학》을 통해 등단했으며,《자유시》동인으로 활동했다. 시집『그림자의 그늘』(1979, 심상사),『우울한 비상의 꿈』(1982, 문학과지성사),『물속의 푸른 방』(1986, 문학과지성사),『안 보이는 너의 손바닥 위에』(1990, 문학과지성사),『꿈속의 사닥다리』(1993, 문학과지성사),『그의 집은 둥글다』(1995, 문학과지성사),『안동 시편』(1997, 문학과지성사),『내 마음의 풍란』(1999, 문학과지성사),『이슬방울 또는 얼음꽃』(2004, 문학과지성사),『회화나무 그늘』(2008, 문학과지성사),『침묵의 푸른 이랑』(2012, 민음사),『침묵의 결』(2014, 문학과지성사),『따뜻한 적막』(2016, 문학세계사),『거울이 나를 본다』(2018, 문학세계사), 시선집『먼 불빛』(2018, 문학세계사), 육필시집『유등 연지』(2012, 지식을 만드는 지식), 시론집『여성시의 표정』(2016, 그루),『대구 현대시의 지형도』(2016, 만인사),『성찰과 동경』(2017, 그루),『응시와 관조』(2019, 그루) 등, 미술산문집『분지의 아틀리에』(1994, 나눔사), 저서『가톨릭문화예술』(2011, 천주교 대구대교구) 등을 냈다. 매일신문 논설주간, 대구한의대 겸임교수, 대구시인협회 회장, 한국신문방송편집인협회 부회장 등을 지냈으며, 대구시문화상(1986), 동서문학상(1996), 한국가톨릭문학상(2000), 천상병시문학상(2005), 대구예술대상(2008) 등을 수상했다.

내가 나에게
이태수 시집

초판 1쇄 발행일 2019년 4월 25일
초판 2쇄 발행일 2019년 5월 20일

지은이·이태수
펴낸이·김종해
펴낸곳·문학세계사

주소·서울시 마포구 신수로 59-1 (04087)
대표전화·02-702-1800
이메일·mail@msp21.co.kr
홈페이지·www.msp21.co.kr
페이스북·www.facebook.com/munsebooks
출판등록·제21-108호 (1979. 5. 16)

값 10,000원
ISBN 978-89-7075-909-8 03810
ⓒ 이태수, 2019